我喜歡的男孩，其實也是女孩

犬飼鯛音

Presented by Inukai Taine
Illustrated by Shimura Takako

目次

hanbunko no oborokun

一　絕世的朧同學

我最近開始頻繁地修剪頭髮。因為我跟班上的朧同學變成了相鄰的座位。現在，即使已經在前往髮廊的路上，變得有點長的瀏海仍讓我在意得不得了。我的理想可是能精準呈現出九十度直角的妹妹頭呢。

不過，我會在不知不覺中加快腳步，並不是因為額前凌亂的瀏海。不管來幾次，我都無法習慣這個地方。彷彿只有自己跟這裡格格不入的感覺，總讓我渾身發癢。

哥哥工作的髮廊，就在充斥著「不得以平日的普通穿搭現身」這種高壓氛圍的街上。從我們出生的「歡迎穿著睡衣上街」的城鎮搭電車，只要短短三十分鐘的車程，就能抵達如此時髦的地方——這點至今仍令我難以置信。跟我擦肩而過的人，全都自信地挺起胸膛。儘管蟬鳴聲刺耳不已，路上的行人卻都一副若無其事的樣子，只有我淌著涔涔汗水，以自己不習慣的速度快步前進。每當看到有著一頭波浪捲髮、身穿飄逸洋裝的大姊姊出現，我的腳步便跟著加快。

我明明有先返家一趟，脫下制服、換上自己很中意的便服上衣和褲裙，然而，瞥見高雅至極的名牌精品店櫥窗後，我深深感覺到自己的努力都是徒勞。以街上並排的櫸樹為背景而倒映在櫥窗上的我，瀏海因為被汗水沾濕而貼在額頭上，看起來像是戴著一頂頭盔，準備出發去探險的冒險者。一旦湧現這樣的想法，就連身上的側背包，感覺都只像是一種探險用道具。這個側背包裡裝著三明治。我今天穿的襪子太長了，每走一段路，就得把兩隻腳上滑落的襪子輪流往上拉。這麼做的時候，包包總會碰撞到我的手肘或膝蓋。裡頭的三明治不知道有沒有變形？因為從包包外頭也摸不出個所以然，我只能稍微放慢腳步。

這是用來代替理髮費用的寶貴三明治。哥哥絕不會收我的錢。如果他願意跟我收錢，我反而比較能以一名客人的身分輕鬆上門，但或許是年齡相差七歲的緣故，哥哥總是執拗地繼續把我當個孩子看待。我明明已經十六歲了。

我拭去流下來的汗水，躲到櫸木的樹蔭下方。蟬鳴聲更加高亢了。無論是我出生的那個城鎮或是這裡的街道，只有夏蟬的大合唱是一樣的。依舊活力百倍地鳴叫的這些蟬，究竟知不知道現在已經接近傍晚時分了呢？不過，也有一些蟬躺在地上。雖然很討厭被踩爛的蟬的屍體，但看起來只是在地上翻肚、其實已經死掉的蟬，更讓我厭惡。夏天明明才剛開始啊。

我盡可能避免看著地面前進。可是，抬起視線的話，就有可能不小心跟波浪捲髮、裙襬飄逸的大姊姊四目相接。我不知所措地不斷移動眼球，結果，比起蟬的屍體和波浪捲的飄逸大姊姊，我在約莫相隔十棵櫸樹的前方，發現了更驚人的光景。

緩緩轉動著手中純白蕾絲材質的陽傘，悠悠朝這裡走來的人物，完全吸住了我的雙眼，讓我的視線直直固定在他身上。同時，我的雙腳也一起被固定住，讓我只能愣愣地杵在原地。以纖長手指不斷旋轉陽傘傘柄的這名人物，以氣質出眾的腳步慢慢向我走近。

因為一身女裝打扮的技巧實在太差勁，一眼就能看出他是個男孩子。

戴上假睫毛、感覺心情極佳的他，搖曳著一頭長髮，嘴角也微微上揚。塗在臉頰上的腮紅，看起來宛如日本國旗中間的紅色圓形；嘴上抹的唇膏，則是色澤不輸給辣椒、極具攻擊性的鮮紅，呈現出一臉極端的大濃妝。頸子上纏繞著皺巴巴的絲巾，頸子以下的部分，則是魚肉香腸那種顏色的針織衫，以及長度不合身、感覺很過氣的白色洋裝。腳上則是踩著一雙男用鞋。可說是讓人震撼不已的穿搭。

「朧……同學……」

被蟬的大合唱蓋過去的自己聲音，緊緊依附在我腦中。

雖說一身女裝打扮相當不自然，但那就是朧同學，我不會認錯人。個子很高、雙腳卻很短這種不平衡的體型，絕對是朧同學沒錯。無論是光看就令人疲憊的挺得筆直的上半身、撫弄陽傘傘柄的手指柔和的動作、在雙腳併攏的狀態下優雅前進的腳步、以及和纖細體型不合的那雙大尺寸鞋子，都讓我有種完美的熟悉感。

最重要的是，望向遠處時，他會因刺眼的陽光而瞇起眼。兩道眉毛在這時蠕動的感覺，完全是朧同學會有的表現。他以平常那種像是在盯著黑板板書的眼神望向我。

跟朧同學四目交會的那一刻，我感到後悔莫及。因為，無論是輕輕旋轉的陽傘、在風中飄逸的長髮、或是朝這裡走來的腳步，全都在那個瞬間停下來。

我們在一段微妙的距離之外，就這樣望著彼此片刻。無法阻止心跳變得狂亂的我，觀察到在遠處的那張表情瞬間蒙上一層陰影的變化。儘管已是一臉泫然欲泣的表情，朧同學仍沒有移開他的視線。

我戰戰兢兢地踏出步伐。每踏出一步，他的臉蛋就變得更鮮明。塗得厚厚的口紅溢出唇線之外，讓他看起來像個剛大快朵頤過日式茄汁義大利麵的孩子。

一開始，我還以為這個扮相很糟糕的女裝，可能起因於朋友之間壞心眼的懲罰遊戲。然而，目睹朧同學臉上失意的表情後，我堅信自己絕對是看到了不該看的東西。儘管如此，我卻只感受到某種膚淺的絕望，就好像自己原本在收看的電視節目突然被人轉台那樣的感覺。

自己心儀的男孩子，竟然有扮女裝這種癖好——即使這樣的事實擺在眼前，我也無力去煩惱。我焦躁到無暇為任何事物感嘆的程度。

我得做點什麼才行，不能放著這樣的朧同學不管。

回過神來的時候，我已經拉著朧同學的手在街上狂奔。

「你好，初次見面，我是小春春的哥哥山本秋夜。」

基於「年紀輕輕的男孩子，竟然在光天化日之下扮女裝！」的事態嚴重性，我的情緒高漲到幾乎足以讓自己忘記如何呼吸。但面對朧同學的時候，哥哥卻是一臉的泰然自若。相較之下，朧同學的嘴巴只是重複著一開一闔的動作，沒有吐出半句話。他交互望向我和哥哥的臉，又快速環顧整個髮廊之後，突然垂下頭來，而原本不斷在半空中遊走的視線，最後又回到我的臉上。畢竟是我一語不發地把他拉來這裡，朧同學會有這種反應也很正常。

不習慣被人盯著看的我，腦袋的運作變得愈來愈遲緩。哥哥和朧同學並排站在一起的陌生光景，占據整個視野。哥哥已經褪色的一頭銀髮，跟朧同學純正的一頭黑髮，讓我的眼球有些受不了刺激。我不停眨眼，硬是將自己的腦袋喚醒。

「呃……他是跟我同班的朧同學。我們的……座位相鄰……」

「我……我叫朧椿。那個……我……坐在……山本同學的……隔壁。」

像是被我的發言點醒似地，朧同學以細微的嗓音迅速做了自我介紹。對哥哥深深一鞠躬的時候，看起來很假的一頭長髮從耳朵上方垂下。那是個不像一般打招呼、十分慎重的一鞠躬。

啊啊，朧同學，請你不要露出這樣的表情，我會無法承受。至今，總是在隔壁座位眺望的那張朧同學爽朗的側臉，正以驚人的速度，被現在這張化著笨拙妝容又帶著嚴肅表情的嶄新面容侵蝕。

然而，即使是面對跟平常大不相同的朧同學，我仍止不住心臟狂跳的反應。髮廊裡開著冷氣，我的汗水卻持續湧出。

「哦～小椿啊，這個名字很美呢。」

說著，哥哥像是在尋求同意似地將視線轉往我身上。在男孩子的名字前方加上「小」這種稱呼的做法，儘管讓人有些猶豫，但我還是用力點點頭。不過，被稱讚的本人，卻往和我完全相反的方向猛搖頭。他搖頭的幅度很小，但很激烈，像是企圖用去身上水珠的小狗。看到朧同學否定的反應，我不禁咬唇。他的名字明明如此美麗啊。朧椿（Oboro Tsubaki）——每天，我都會在內心反芻這六個音節好幾次。有時還會把「椿」的部分改成「小春」，沉浸在這令人融化的讀音之中。

「既然你們倆同班，小椿是跟小春春一樣大囉～」

看著一語不發的我和朧同學，哥哥再次率先打破沉默。

「你看起來不像是高一生呢。因為你個子很高，體型也很苗條，感覺很像模特兒喔。」

哥哥完全沒有提及朧同學奇異的女裝，只是一股腦兒誇讚他。我原本還覺得說朧同學像模特兒稍嫌誇張了，但哥哥隨即又若無其事地改口表示「你的髮質完美到讓我想找你擔任髮型模特兒呢」。不過，哥哥似乎也發現這頭長髮的下半部分是接上去的假髮，所以最後選擇以「出現的位置十分理想呢，捲的程度也恰到好處」誇獎朧同學的髮旋。

「嗯～那麼，現在該怎麼辦呢……」

哥哥環顧周遭，然後輕聲這麼詢問。跟著望向店內的我，發現許多人的視線都集中在這裡的事實。雖然現在店裡客人不多，但包含店員在內，至少有十顆以上的眼珠子都望向我們這邊。朧同學似乎也有自己成了注目焦點的自覺，因此只是一味盯著散亂在地面的頭髮。企圖阻擋這些失禮視線的我，張開雙腳、雙手扠腰，以威風凜凜的姿勢擋在朧同學前方。至今為止的人生中，我是第一次擺出這種站姿。只是個子矮小的我，不可能完全遮住朧同學的身影，他的上半身依舊沐浴在眾人的目光下，但我還是無法不這麼做。

「哥！請把朧同學變得更漂亮吧。」

「好的～我明白了。那麼，請到這裡來。」

像是等待我這句話已久，哥哥以掌心向朧同學示意最靠近入口大門的一個座位，朧同學也以挺直背脊的優美姿勢，乖乖坐了上去。在這之後，朧同學像是被放進腳踏車菜籃裡的小狗，乖巧得一動也不動。明明是自己安排下的事態發展，我卻無法掩飾對眼前光景感動不已的反應。

只是座位剛好相鄰、實際上從未交談過的同班同學，在沒有任何說明的情況下，硬是將他拖來這間髮廊。你現在面對的，可是這樣的情況耶——我在內心這麼向朧同學開口。能夠在這種狀況下，老實坐在指定座位上的他，是多麼坦率啊。原本以為自己已經把朧同學的優點全都發掘出來了，但現在，我又發現了他的一個新優點。

哥哥，請你為朧同學做點什麼吧——我盯著披在朧同學頸子上的毛巾，在心中對哥哥傳送強烈的意念。看到哥哥以理髮用斗篷藏住朧同學那身洋裝後，我在候位區的一角坐下。在這裡，可以透過鏡子清楚看到那兩人的臉。鏡子裡的朧同學仰望著哥哥，等待他的下一步動作，哥哥卻一直忙著將自己的頭髮往後抓。既然身為造型師，應該隨時都能修剪自己的頭髮才對，哥哥的瀏海卻長到快要刺進眼睛裡的程度。我真想現在就幫他喀嚓掉那撮惱人的瀏海。

「那麼，我先幫你把這個拿掉喔。」

終於將雙手抽離自己的瀏海後，哥哥拾起朧同學的長髮這麼說。

「好的，請便……」

朧同學的嗓音像是感冒初期那樣帶點鼻音。雖然音量比較小，但仍是那個一如往常的聲音。聽不習慣的朧同學鼻音，今天也理所當然地巧妙鑽進我耳中，讓我的鼓膜感受到細微而甜蜜的刺痛。

「喔，這髮型不錯，很漂亮呢。」

取下接上的髮片後，那個熟悉的小呆瓜髮型出現了。朧同學果然還是最適合這樣的髮型。

「我之前剛剛修剪過。」

「是嗎、是嗎～唔，該怎麼辦呢……」

朧同學的後頸髮尾處，是我私底下一直很想摸摸看的地方。現在，哥哥一派輕鬆地伸手撫摸那個部分，而且還摸了好幾次。不知道是不是很中意摸起來的觸感，看起來似乎在思考什麼的哥哥，遲遲不肯將手離開朧同學的髮尾。默默被哥哥撫摸的朧同學，則是挺直背脊僵在座位上。他的個性真的好老實呢。就算現在在他的頭頂放上一本書，一定也不會掉下來吧。光是眺望這樣的朧同學，便足以讓我不自覺地對背部使力。察覺到這一點而放鬆緊繃的雙肩時，我聽到一句讓自己懷疑耳朵聽力的發言。

「小椿，你為什麼要扮成女孩子的模樣呢？」

哥哥臉上帶著頗具親和力卻也很犀利的笑容，以像是道出造型師常常會問的「有沒有哪裡特別癢？」這類制式問題的語氣，極其自然地直搗核心。因此，我也懷著像是聽別人日常閒聊那樣的輕鬆心情望向朧同學。鏡子裡的朧同學沒有看著哥哥，而是望向我。在我們的視線對上後，他那雙澄澈的眸子透露出動搖的情緒。

「你是『有著女孩子的靈魂』的類型嗎？」

交會的視線，因為哥哥繼續道出的發言而分開。仍帶著一臉笑容的哥哥，和抬起眼望向他的朧同學四目相交。朧同學看起來並不是因為答案難以啟齒，所以再三猶豫，而是不知道答案為何，所以覺得很困擾。那雙脆弱又濕潤的眸子，就跟他面對數學老師時的表情一模一樣。兩片看起來不曾吐露過任何汙穢言語的薄薄唇瓣，一動也不動地緊閉著。

我將手伸向一旁的雜誌，決定擺出一副對朧同學的答案不感興趣的態度。但同時，當視線落在書頁上的瞬間，便全神貫注地豎起耳朵。我很擅長偷聽呢。無論在多麼嘈雜的環境裡，我都有自信不會漏聽朧同學的聲音。

話雖如此，但我仍不允許自己製造出任何聲響，所以最後完全沒有將手中的雜誌翻頁。比起源源不絕地流瀉的爵士樂，或是從四處傳來的吹風機聲音，我自己的心跳聲更是響亮。

『有著女孩子的靈魂。』

哥哥的聲音在我腦中執拗地來回打轉。我凝視著在時尚雜誌封面擺出一百分笑容的模特兒，思考這句話的意思。

有著女孩子的靈魂。身體是男孩子，靈魂卻是女孩子，所以才會穿上洋裝，所以才會化妝。比起自己「扮女裝只是興趣使然」這種單純過頭的想像，我有種哥哥的提問更接近核心的預感。儘管如此，這種不痛快的感覺又是怎麼一回事？

因為感到不安，我從雜誌書頁上抬起視線。在變得寬敞的視野中，我看到了縮起來的背影。他剛才明明把背脊挺得筆直地坐著啊。這麼想的時候，我原本「想聽到朧同學的答案」的渴望，徹底轉變成「想趕快聽聽朧同學的聲音」這個當下湧現的欲望。這是我第一次看到朧同學駝背的模樣。他罕見地拱起背、垂著頭、讓白皙的後頸毫無防備地坦露出來。我過去從未看過這樣的他。

姿勢總是十分端正的朧同學。拱起背的他，究竟會發出什麼樣的聲音呢？面對這個陌生的情境，我的心跳變得更狂亂。

在足以忘記哥哥問了什麼問題的漫長沉默後，朧同學開口了。在這個絕佳時間點，他以幾乎要消失在空氣裡的微弱音量，道出了「是」這個答案。這簡短的回答，直接略過我的大腦，在鼓膜上餘音繞梁。是、是、是、是、是——朧同學這句透露出緊張的回答，比他過去所說的任何話語、發出的任何聲音，都更深深滲透進我的耳裡。

「是嗎、是嗎～嗯，我知道了，謝謝你。好～那我先把你臉上的妝卸掉喔。」

說著，哥哥俐落地挽起袖子。或許是聽到朧同學的答案，讓他決定認真起來了吧，鏡子裡的哥哥露出嚴肅的眼神。仍覺得頭昏腦脹的我，茫然湧現希望他不要用那麼可怕的表情看著朧同學的想法。

「我去拿車鑰匙，妳跟小椿一起在這邊等我一下喔。」

哥哥以彷彿在唱歌的韻律感這麼表示後，按住朧同學的肩頭，讓他在我身旁坐下。儘管朧同學沒有做出任何回應，哥哥仍瞇起眼點點頭，然後迅速走向門的另一頭。肩並肩被留下的我們，現在該聊些什麼才好呢？

以端正姿勢坐在我身旁的這個人，有著一頭米黃色的中長鮑伯頭髮型、捲度燙得十分完美的睫毛、透出嬌豔色澤的臉頰，以及水潤有光澤的粉色唇瓣。依序凝視這些部位後，我湧現了「這真的是朧同學嗎？」的疑問。或許是因為這樣吧，我也變得不像平時的自己。因為，我現在可是在這麼近的距離下，以肉眼目不轉睛地盯著朧同學看呢。儘管如此，我卻沒有心跳加速或是怦然心動的感覺，心臟很反常地表現出對這個人完全不感興趣的反應。

儘管我的視線讓他不太好意思，但朧同學沒有垂下頭。那雙感覺變大一圈的眼睛，此刻透出燦爛的光芒，跟一小時前我們在行道樹下四目相接那時的模樣完全無法相比。

他現在是相當完美的女裝打扮。一小時前那個讓人以為是懲罰遊戲的身影，有如已逝的幻覺。布滿毛球的針織衫以及有些土氣的洋裝，現在看起來變成挺有品味的服裝。最吸引我目光的，是刷在比剛才位置更高一些的腮紅。要是玄鳳鸚鵡變成人，一定就會是這個樣子吧——我極其認真地把小鳥和身材高挑的朧同學的身影重疊在一起。

真要說來，朧同學的臉蛋給我的印象，就是拘謹到彷彿比一般人少了些什麼，缺乏能夠辨認他是男是女的要素。所以，他跟這身打扮的契合度，遠比我所擔憂的要來得好。不僅如此，看起來雌雄莫辨的他，甚至散發出一股神聖的氛圍。確實找出朧同學缺乏的部分，並成功替他補足的哥哥，或許是比我想像中更加高明的造型師。

「幫我做造型的費用……是多少呢？」

從粉色唇瓣間流瀉的這句話，有著跟平常的朧同學沒兩樣的嗓音。彷彿記憶突然被喚醒的我，心跳再次開始變得劇烈。

此刻，朧同學向我搭話了。打從今年春天在教室裡相遇之後，我們便在一直沒和對方交談過的狀態下迎來夏天。但就在這一刻，朧同學第一次主動跟我說話。他本人想必沒有察覺到如此重大的事實吧。

看著朧同學反覆眨眼的不解表情，我突然感到很空虛。他不可能明白我遲遲無法回答這個問題的理由。

一如我所想，朧同學舞動眼皮上長長的睫毛，取出小碎花圖樣的錢包，固執地再次道出「要多少錢呢？」的相同疑問。我們第一次對話的內容竟然在談錢，未免也太不浪漫了。不過，比第一次道出疑問時更加柔和的嗓音，仍讓我不自覺地陷入幸福的感覺裡。

「不用不用！是我擅自把你拖過來的嘛。」

「這樣不好啦。我很感謝妳帶我來這裡。」

「能聽到你表達謝意就夠了。而且，我哥也堅持不跟我的朋友收錢呢。」

語畢，我才想到朧同學跟我明明只是同班同學，我卻脫口說他是「我的朋友」這種話，會不會太厚臉皮了？為此，我隨即慌張失措起來。

「就……就像鮎子那樣！鮎子之前也來找我哥哥剪頭髮呢。哥哥堅持不收她的錢，但鮎子也堅持要付錢，兩人為此在收銀台前爭論好一陣子。到頭來還是哥哥贏了……啊，我說的鮎子是——」

「嗯，是川島同學對吧？妳們在學校裡感覺很要好。」

這個瞬間，感動的情緒滿溢在胸口，讓我一時不知道該做何回應。心中明明有另一個自己正在奮力大喊：「對對對，沒錯，就是川島鮎子！」但站在朧同學面前的這個我，只能默默朝他點頭。一如我知道跟朧同學最要好的人是鈴木同學那樣，朧同學也知道跟我最要好的人是川島鮎子。

「可是，像這樣做造型，費用應該很高吧？」

無視我感動不已的反應，朧同學隨即又把話題拉回金錢上，並以指尖搓弄著頭上那頂假髮的髮絲。這樣的動作，看起來不像是在推估假髮的價格，只像是微帶憂鬱的少女舉手投足的小動作。雖然壓根兒不知道那頂假髮要多少錢，但我還是一股腦兒說服他。

「不要緊的，這種技術服務，只有在賣給客人的時候才會開價很高，原價一定便宜到讓人嚇一跳的程度。所以，你不用在意喔，真的。」

「呃，可是……妳哥哥替我做這麼多，不收錢怎麼可以？」

「不用啦。我說不用就是不用！他之前也跟鮎子這樣一來一往僵持了好久。所以，你就老實退一步吧，朧同學。」

「……感覺很過意不去呢。那麼，就接受妳的好意吧。謝謝妳。」

「你要道謝的對象不是我，是我哥才對喔。」

「嗯，不過，真的很感謝。」

我含糊不清的嗓音，跟朧同學的鼻音交互迴盪著。有種不可思議的感覺。朧同學綻放開心笑容的臉近在咫尺，這是在學校看不到的特別笑容。這麼說不是偏心，但我真心覺得這樣的他很可愛。這十六年來，我一直深信地球上最可愛的生物就是黑色柴犬，也從未質疑過這一點，但這樣的想法或許錯了。

現在在我眼前的，是絕世美男？還是絕世美女？

被朧同學的微笑俘虜的同時，這個找不到答案的艱難問題，也讓我束手無策。不過，是何者都無所謂。這一刻，絕世的朧同學正在對我笑。光是這樣的事實，就足以超越一切。現在，我真想馬上日行一善，把滿溢在胸口的這股溫暖分享給其他人。無止盡湧現的幸福感，多到我無法獨力承擔。

「妳為什麼要對我這麼好？不會覺得我很噁心嗎？我可是個變態呢。」

被最後一句話的沙啞嗓音拉回現實的我，發現朧同學臉上已經沒了方才的笑容。他緊閉的雙唇，讓嬌豔的粉色唇膏完全失色。他以一雙比唇膏的光澤更加耀眼的黑色眸子筆直望著我。

原本的幸福洋溢感在瞬間消散。我怎麼可能覺得朧同學噁心？正因如此，他露出的警戒視線，深深刺進我的胸口。

「我喜歡你，朧同學！所以，我想成為你的助力！」

以不必要的超大音量迸出來的這句話，雖然讓我有些退縮，但我仍以同等的音量將這句話說完。然而，朧同學只是垂下頭和視線，以「謝謝妳」輕聲回應我。他今天第二次駝起背的理由，或許是因為我沒有回答「不會覺得我很噁心嗎？」這個問題——儘管察覺到這一點，但事到如今再補充說明，感覺也很不自然，於是我變得不知該如何接話。

朧同學仍駝著背。明明放鬆了肩膀的力量，他的雙手卻緊握到足以讓青筋浮現的地步。他想以掌心捏碎的，究竟是什麼東西？我在腦中想像出將手撫上朧同學緊握的拳頭，並以溫柔嗓音表示「我怎麼可能覺得你噁心」的自己。不過，因為想像中的朧同學仍是一臉陰鬱的表情，我遲遲無法付諸行動。

滿心懊悔的我，以原本應該用來輕撫朧同學的手磨蹭自己的膝蓋。

早知道就不說我喜歡他了。我並不是覺得將自己的心意傳達出去，就能讓朧同學開心。只是——

「抱歉～讓你們久等了。來，回去吧。」

感覺淚水即將湧現的這一刻，一個悠哉的嗓音化解我們之間的尷尬氣氛。我抬起頭，發現肩上背著包包、已經做好回家準備的哥哥現身。他戴著一頂方形帽子，鼻梁上的眼鏡有著帥氣的鏡框和偏小的鏡片設計，表情看起來輕鬆到一點都沒有「抱歉～」的感覺。不知何時，朧同學已經走到這樣的哥哥身旁，鄭重地向他一鞠躬。

「今天真的非常感謝您。」

「別客氣、別客氣。隨時都歡迎你再來玩喔。我等你。」

道出這句也對鮎子說過的制式問候之後，看著朧同學抬起頭的哥哥，以相當自然的動作觸摸他的瀏海。跟朧同學僵在原地、連眼睛都不眨一下的反應相比，哥哥則是以輕快的動作將他的米黃色瀏海撥整齊。把從瀏海之間探出的白色額頭全部遮住後，哥哥開口說出來的台詞，不是「可以了」或是「整理好囉」，而是「好、好可愛啊！」這種慷慨激昂的讚美。他的語氣不像是在稱讚朧同學本人，比較接近為自己的作品感到心滿意足而出聲讚嘆。儘管如此，朧同學仍變得滿臉通紅，視線也四處飄移。看到這樣的朧同學，我的內心再次浮現更強烈的「我怎麼可能覺得你噁心呢」的想法。

從開著冷氣的店內往室外踏出一步，悶熱的空氣隨即迎面撲來。比起劇烈的溫差，變暗的天色更讓我吃驚。太陽什麼時候下山了？踏進髮廊之後，我的雙眼一直停留在朧同學身上，壓根兒沒注意到外頭的天色變化。

隨著夕陽西下，原本給人時髦又活潑印象的街頭，開始散發出穩重成熟的大人氛圍。除了波浪捲髮、裙襬飄逸的大姊姊以外，甚至連和服打扮近乎完美、頭髮盤成一大坨的和服美女都開始現身。

我沒有垂下視線，而是盯著和服美女的那顆頭看。太陽下山前，朧同學就站在那個地方。現在，那裡出現了一顆當成記號再適合不過的大頭。想到自己就是在那裡跟朧同學巧遇，我有種不可思議的感覺。明知這是現實，我還是忍不住湧現「這會不會是一場夢啊～」的想法。於是，我決定將這段如夢似幻的時光留存在自己心中。不落下任何一部分，也不讓任何一部分出現損傷。

「喂～小春春～要走囉，來吧！」

像是在呼喚自己養的小狗那樣的高亢嗓音，一口氣將我拉回現實。儘管音量引來周遭路人側目，但哥哥絲毫不在意，又以呼喚小狗的動作朝我招手。有些自暴自棄的我，選擇在洋溢著成熟魅力的這條街道上，高舉起雙手大喊「是～」來回應他。不過，就算大聲喊叫，籠罩在我內心深處的霧氣仍未消散。

我們為了前往哥哥停放愛車的停車場而走進一條小巷後，四周的街景也為之一變。巷子裡看不到其他行人，從各個店家裡探出的燈光也照不到這裡，有的只是幾盞零星的路燈，以及不太可靠的月光。我跟在這兩人的身後前進。

雖然兩人並沒有明顯的身高差，但走在哥哥身旁的朧同學看起來很嬌小。再加上這個昏暗的環境，瞇著眼看的話，他就跟一名嬌柔的少女沒兩樣。朧同學無論是踏出的步伐或是雙手擺動的方式，都跟同為男性的哥哥截然不同。我總覺得能夠約略窺見他心中那個女孩子的靈魂。儘管如此，我對朧同學的情感，並沒有因為這樣的現實而冷卻，為了將這個在學校裡無法目睹的身影牢牢烙印在腦中，我反而更認真地看著他。在黑夜裡飄逸的白色洋裝散發出夢幻的氛圍，跟帶著幾分神祕的月光相映成輝。

我怎麼可能覺得你噁心呢——我在內心再次這麼主張。沒能說出口的這句話，彷彿一直哽在喉頭，讓我喘不過氣。

「登楞～這就是我的車喔。」

抵達停車場後，哥哥隨即伸手撫摸貸款還沒還完的那輛輕型車後照鏡。看到他得意洋洋地介紹這輛極其平凡的小型轎車後，朧同學突然變得慌張起來。

「那個，我沒有這個意思……不要緊的，我可以一個人回家。」

「為什麼？別這麼說嘛。你都跟我們一起走到停車場來了，就搭個便車吧。」

「這樣太不好意思了。麻煩您這樣精心替我打扮，最後還搭您的便車回家，這怎麼可以呢！」

看起來真的很吃驚的朧同學，轉而對我投以像是在求助的視線。不然，你為什麼要跟著我們一起走來停車場呢——想到這裡，我不禁覺得有點想笑。朧同學意外地少根筋呢。

「都已經這個時間了，我們就一起回去吧，朧同學。」

「就是啊。怎麼能讓一個女孩子走黑漆漆的夜路回家呢。」

哥哥帶著滿面微笑輕鬆道出的這句話，比用「這位小姐」向大嬸搭話的行為更加驚人而犀利。被喚作「女孩子」的那名男孩子，先是因為吃驚瞬間瞪大雙眼，接著輕輕搖了幾下頭，最後垂下頭來。看到那有如羞澀少女的表情，連我都跟著難為情了起來。

「來，小椿，上車、上車。」

即使是以哥哥低沉的嗓音道出，朧同學的名字聽起來依舊非常可愛。看到哥哥大方打開平常只會讓他中意的女孩子乘坐的副駕駛座車門，讓我對他改觀不少。我感動到幾乎想對上天發誓：「就算接下來的這輩子，都只能坐在狹窄擁擠的後座，我也不會再有任何怨言了！」

「非常感謝您。可是，我一個人回家沒問題的。」

「沒關係、沒關係，不要這麼客氣嘛。」

「真的沒問題的，我家離這裡不會很遠。」

「既然不會很遠，那就更不需要客氣了啊。」

看著遲遲不肯上車的朧同學困擾的表情，我突然想到一件事。說不定，他是想嘗試以這樣的打扮走在街上的感覺。畢竟，就算先前頂著那種差強人意的妝容，他都還是忍不住外出了。就這樣直接回家，讓灰姑娘的魔法早早失效的話，未免太可惜。

不過，因為這兩人一來一往的攻防戰還算精彩，我便沒有插嘴，選擇暫時在一旁觀戰。每當哥哥說出諸如「真是的～你這種惶恐的樣子很可愛耶～」「但大哥哥我不討厭客氣的女孩子喔」或「你傷腦筋的表情也很迷人呢～」這類不知道是發自真心還是調侃的台詞時，朧同學總因此露出吃驚的表情。第一次看見這樣的朧同學，就連他瞪大雙眼的反應，都令我著迷到胸口隱隱作痛的程度。

「啊啊！還是讓我送你回家吧。你看起來這麼可愛，大哥哥很擔心你被危險的男人纏上呢！」

哥哥實在有點誇張了。然而，被調侃到連呼吸都變得不順暢、結果以鼻子發出了類似豬叫聲的「嗯咕！」一聲的朧同學，看起來並沒有感到厭惡。看著哥哥不停對面紅耳赤到不敢抬起頭的朧同學獻殷勤的光景，我腦中出現了一團黑影。這股慢慢浮現的不透明情感，跟嫉妒十分相似。

「哥，我們不要坐車，三個人一起走路回去吧。難得幫朧同學打扮得這麼可愛，讓他直接回家的話，太可惜了啊。」

介入兩人的攻防戰之後，我看到朧同學的雙眼一下子變得閃亮。在我因自己的推測正中紅心而感到雀躍時，那雙眼中的光芒卻隨即消逝。一看到我的臉，朧同學便像是猛然回過神來那樣恢復理智。明明仍是一身女孩子的打扮，浮現在臉上的卻是朧同學在教室裡一如往常的表情。

「如何，小椿？難得有這個機會，要走路回家嗎？」

「不。還是承蒙您的好意吧。麻煩您送我到車站。」

朧同學無視我的提議，朝哥哥一鞠躬之後，俐落坐上副駕駛座。在哥哥活潑過頭的嗓音，以及朧同學發出的鼻音全數散去後，這座停車場瞬間變成一個悶熱又陰暗的場所。迅速把安全帶繫好的朧同學，背部拱成弧形。我的胸口湧現一股鈍重的痛楚。他的雙手，想必正緊緊握拳擱在腿上吧。

沒能及時回答自己不覺得朧同學噁心的我，事到如今，就算再說什麼，恐怕也無法傳進他心裡吧。明明這麼喜歡朧同學，卻無法好好成為他的精神支柱，讓我覺得丟臉又不甘。好想直接消失在這片夜晚的黑暗中。

二 鈴木同學與朧同學

朧同學的面容在這個大晴天降臨了。讓我感到炫目的不是這片澄澈的藍天。因為昨天的印象過於深刻，看到現在身穿制服的他，讓我有種暈眩感。

或許是在意自己偏短的下半身，朧同學今天也把長褲的褲頭拉得很高，再用皮帶將它固定在自己纖細的腰上，制服襯衫的下襬則是老老實實地紮進褲子裡。儘管今天從一大早就是超過三十度的高溫，他的領帶仍打得相當整齊漂亮。在大部分男同學都把襯衫鈕釦鬆開、褲頭的位置也低到快要看到股溝的這個班上，朧同學的打扮總是透出一種乾淨清潔的品味。

我佯裝在眺望天空的樣子，偷偷觀察倒映在窗戶上的朧同學。我將椅子往後拉一些，以手托腮，免得自己擋住朧同學的身影。儘管只要把脖子轉動幾公分，就能親眼看見坐在隔壁的本尊，我卻總是只能看著他映在玻璃窗上的倒影。這天，我不厭其煩地重複這個每天都會做的行為，內心卻有種和昨天相異的不安。

朧同學。我最喜歡的朧同學。心裡住著女孩子靈魂的朧同學。在放學後換上洋裝、漫步在時髦街道的朧同學。被喚作女孩子而大吃一驚的朧同學。被稱讚可愛後，以鼻子發出悶哼聲的朧同學。穿上制服後，現在看起來只像個男孩子的朧同學。不知是否奉行「不讓前夜的關係延伸到今日」的主義，因此對坐在隔壁的我完全不感興趣的朧同學。儘管如此，卻又格外讓人憐愛的朧同學。

我滿滿都是朧同學的這個腦袋，突然閃過一個問題。昨天，在分開之後，不知道情況如何？看到戴著假髮、頂著一臉完美妝容返家的朧同學，他的家人露出了什麼樣的表情？

看著和昨天的米黃色假髮相差甚遠的那個黑色小瓜呆髮型，我的不安加劇。

可是，朧同學也很適合黑髮呢。白皙肌膚和黝黑髮色的對比，讓人看了很舒服。黑色柴犬的頭頂，總會有一塊色素比較淺、看起來像是眉毛的部分。跟看到這種柴犬眉毛時相似的心跳加速感，現在在我全身上下來回奔馳。

朧同學的五官並沒有特別端正，也不是能讓人百看不厭的奇特長相，儘管如此，我的視線仍離不開他身上。我總覺得，要是自己移開了視線，朧同學好像會馬上消失。倘若比喻為兩小時懸疑殺人片中的角色，很有可能第一個被殺掉、謙恭有禮的他，總是獨占我的視線。

……現在不是看到入迷的時候。我很擔心昨晚的朧同學。真要說的話，他的家人知道他會以那種打扮出門嗎？倘若他是為了保密，才選在大白天的時段出門，讓他耽擱到太陽下山後才返家的我們，豈不是做了會讓朧同學相當困擾的事情？

即使不安愈來愈強烈，我卻遲遲沒有主動向他搭話的勇氣。

『不會覺得我很噁心嗎？』

朧同學那充滿猜忌的眼神在我腦中復甦。

對我的心情一無所知的他，正在和前座的鈴木同學道早安。那是個爽朗又輕快的嗓音。我一如往常地湧現「鈴木同學每天早上都能無條件讓朧同學跟他說早安耶，真好～」這種幼稚的嫉妒，企圖將腦袋從昨晚的餘韻之中抽離。

鈴木同學是足球社的一員。他曬成淺褐色的那張臉蛋，總能夠清晰倒映在教室的廉價玻璃窗上。相較之下，似乎是回家社成員、有著白皙膚色的朧同學，無論我再怎麼定睛凝視，仍無法看清楚他投映在玻璃上的面容。

「熱死啦～為什麼每天都這麼熱啊。想點辦法吧，朧。」

鈴木搔了搔幾乎剃成光頭的腦袋這麼說。他沒有轉過身和朧同學交談，而是維持面向前方的坐姿，只將上半身往後仰。他的態度未免太蠻橫了吧——我在一旁暗自吃驚地想。朧同學從筆記本裡抽出墊板，開始替眼前這顆光頭搧風。每當他一動作，墊板就會發出可愛又溫柔的啪啪聲。

「現在才剛七月，之後會變得更熱喔。你現在就熱成這樣，以後要怎麼辦？」

「真是的，什麼嘛。我剛剛才在家裡聽過一樣的話。別跟那個老太婆說一樣的話啦。」

「你才是呢，小鈴。別一大早就一直嚷嚷同一件事啦。」

就算用字遣詞相同，朧同學的嗓音聽起來仍不帶一絲粗野。鈴木同學也總是會笑著和朧同學說話，所以這兩人聊天的光景一直給人很愉快的感覺。我愈來愈無法抑止自己偷聽的行為。我不會想加入他們的對話，只要能在一旁聽著，我就很滿足了。

「你還不是從一大早就一直重複『早安』這兩個字。」

「這麼說來，天氣變熱後，我每次向你道早安，你好像都沒有好好回應。」

「少騙人。我剛才不是有回嗎？」

「你沒說啊。我明明用『早安』跟你打招呼，你回我的卻是『每天都好熱吶』。」

「笨蛋，我才不會用『吶』這種像個老頭的語尾啦。」

「你有說。早上的時候，你會先一直重複『好熱、好熱』，一陣子之後則開始嚷嚷『肚子餓啦～』，到了下午則會變成『好睏、好睏、真心睏死了』。你每天都在重複說一樣的話喔。」

「噢……這倒是耶。是說我沒吃早餐也沒睡飽，所以今天會再全部重複一次喔。」

「嗚哇～感覺你今天會特別吵呢。」

和鈴木同學活潑對話的朧同學，看起來簡直優雅至極。因為他在笑的時候，還會稍微以手掩嘴。像是想掩飾自己笑的時候，會以上門牙咬住下唇這個習慣的朧同學，每次以修長手指掩嘴時，修剪得極整齊的小瓜呆瀏海便會跟著搖曳。每當這個時候，我就得跟「想以肉眼直接觀察他的笑容」的欲望戰鬥。

剛升上高中的這個時期，大家都逐漸散發出愈來愈成熟的魅力，朧同學卻始終貫徹有如小學生的小瓜呆髮型。其實，因為憧憬這種修剪得整整齊齊的髮型，我現在也在挑戰妹妹頭。

這會讓臉型偏圓的妳看起來更像顆飯糰喔，小春春——儘管遭到哥哥反對，也堅持要他替我修剪而成的這顆妹妹頭，我自己還滿中意的。

「我今天其實也有點睏呢。」

「真假？說來說去，原來你還是會做色色的事情到半夜嘛。」

「別把我跟你相提並論啦。我只是……該怎麼說呢，就是……有些睡不著而已。」

墊板揮動的啪啪聲止住了。聽到朧同學顯得不太乾脆的語氣，我有種心臟被人狠狠掐住的感覺。昨天分開後，他沒能好好睡上一覺嗎？被迫得知這個事實的同時，我的腦袋微微感到暈眩。

「原來如此。不然，就是那樣吧？雖然壓抑著欲望鑽進被窩裡，卻滿腦子都是桃色幻想，然後因為欲火難耐，直到早上都無法入睡的症狀？」

「這什麼啊，我才不知道這種症狀呢。不過，別再說了，不要大聲講出這麼羞恥的事情。」

朧同學笑著回應。那張讓人感覺不到睡眠不足的笑容，稍微舒緩了我沉重的情緒。不對，應該說舒緩過頭，反而讓我心跳加速。

即使得知這種其他男孩子身上看不到的陰柔氣質的真相，朧同學柔和的微笑依舊讓我怦然心動。即使明白他藏在那張笑容之下的真面目，我依舊無法將視線從窗上的倒影抽離。

隔著一張桌子將臉靠得很近的兩人。指摘鈴木同學的大嗓門時，將手指抵上唇瓣的秀氣動作，果然還是透出了幾分女性氣質。聽到鈴木同學在他耳邊說了什麼之後，朧同學像是有些羞澀地垂下眼簾笑了。面對八成還在繼續講猥瑣話題的鈴木同學，兩手托腮凝望著他的朧同學。微微將腦袋歪向一邊的朧同學。像是在觀察幼犬那樣，持續對鈴木同學投以溫熱視線的朧同學。原本歪向一邊的腦袋，開始愉快地搖來晃去的朧同學。

難道……難道難道——

某種不解風情的臆測瞬間在腦中迸裂。發現朧同學和鈴木同學之間的嶄新可能性後，我死命壓抑住想驚叫出聲的反應。

我以雙手掩嘴，耐心等待心跳漸趨緩和時，朧同學突然將脖子往左轉了九十度。現在，他的臉面對的角度，無法判別是望向窗外，又或是盯著我看。

在自己的座位上就座後，便一直感覺到的朧同學氣味，現在變得更加濃郁了。那是海潮的味道。沒有半個訪客，也不存在一丁點垃圾，沐浴在弦月光輝下，夜晚神聖的大海——我的腦內世界隨即被這樣的想像淹沒。

我扭開生鏽的水龍頭，貪婪暢飲微溫的自來水。儘管知道餘味很不好，但渴求水分滋潤的我，仍忍不住一口接一口吞下。不管喝了多少，都無法滿足。每次扭開老舊的水龍頭，我便感受到沉眠在自己體內的醜陋欲望。

「那麼難喝的水，真虧妳能這樣大口大口喝個不停耶。」

鮎子開口的這個時間點，巧妙到讓我幾乎誤以為是內心的自己出聲說話了。她那沒好氣的嗓音，有一股讓人無法反駁的力量，將入喉感很噁心的自來水為我帶來的陰鬱情緒一掃而空。

我從泛著鐵鏽味的水龍頭前方抬起頭，盯著鮎子睽違幾分鐘的那張臉。原本以為看到我豪飲自來水的模樣後，她會表現出一臉佩服的反應，結果鮎子只是靠在窗框上以手托腮，根本沒有望向我。她露出有如從高牆上方睥睨人類的野貓眼神，以不太感興趣的表情眺望著校園風光。儘管後方有一群開心笑鬧的女孩子走過，她依舊連眼睛都不眨一下。瞇眼眺望凡間的那雙眼睛，一動也不動地注視著遠方的某一點。每次聽到我問「妳在看什麼」時，總會以「什麼都沒在看」回應的鮎子，或許並沒有說謊。

最近我開始覺得，之所以無法從鮎子的表情看出她在想什麼，或許是因為她髮型的關係。明明是形狀十分完美的蘑菇頭，卻只有瀏海的部分過短又不整齊，讓人不禁懷疑造型師是否一時失手。她的瀏海參差不齊的程度，看起簡直像是美髮練習用的假人頭。完全坦露在外的過細眉毛、大大的黑色眼珠配上眼尾拉長的一雙鳳眼、以及偏厚的下唇，都跟哥哥房間裡那顆假人頭派翠西亞小姐（哥哥命名）一模一樣。

在我介紹她去哥哥工作的髮廊之前，鮎子一直都留著及腰的長髮。除了直接頂著一頭長髮出現，她有時會將它在頭頂盤成包包頭、有時會綁成雙馬尾、有時會編辮子、有時甚至會半開玩笑地嘗試弄成美少女戰士的髮型。在開始注意朧同學之前，鮎子每天變換的不同髮型，便是我來學校最大的樂趣。

然而，沒想到哥哥竟然乾脆俐落地剪掉她的一頭長髮。他嘻皮笑臉地表示「這個髮型一點都不適合妳」，然後連鮎子頭上的辮子都沒解開，就將它一刀兩斷地喀嚓掉。總是以不會得罪任何人的客氣態度處世、言行都很溫柔的哥哥，那天，是我初次目睹他做出如此積極主觀的行為。至今，我仍清楚記得那種嚇到心涼了半截、一股寒意從後腦杓竄上的感覺。我望著鮎子僵硬的表情，以及慢慢成形的派翠西亞頭，在內心做好失去唯一朋友的覺悟。

不過，鮎子今天依舊出現在我面前。即使已經過了三個月以上的時間，現在她仍頂著一如那天的髮型，所以，她必定是自願維持這個派翠西亞頭吧。

「妳在看什麼？」

出聲詢問後，鮎子終於望向我。她一如往常的面無表情，別說是豪飲微溫的自來水了，感覺就連我在旁邊一事，她彷彿都已不復記憶。但在我們對上視線後，她的嘴巴有些沒氣質地半張開，裡頭的潔白門牙跟著探出。看著活潑亮相的長長門牙，以及鮮豔粉紅色的牙齦，我湧現了「這才像鮎子」的想法。

說得直接點，鮎子有暴牙。或許也很在意這件事吧，她本人總是努力用嘴唇掩著門牙。然而，只有在面對我的時候，鮎子才會毫不猶豫地讓一口暴牙坦露在外，就好像家貓只會對飼主翻肚那樣。我相當中意這樣的瞬間。

「沒啊，我什麼都沒在看。」

開口說話的時候，鮎子的嘴唇仍貼在大大的門牙上。有時是上唇不安分地抵著，有時是門牙在水嫩的唇瓣之間若隱若現，像這樣，鮎子鼻子以下的部位總是忙碌不已。或許是因為這樣造成的反作用力，她的眼睛跟眉毛才不太會動。

我也跟著從窗戶探出頭，試著確認鮎子是否真的什麼都沒在看。天空裡沒有形狀看起來很美味的雲朵，也沒有鳥兒或飛機的蹤影，就算仰望天空，也只會覺得陽光很刺眼而已。我將視線往下移，但也只看到幾個剛吃完午餐，因此活力充沛地追逐玩耍的學生身影。

「啊！」

在體育館角落發現兩個身影的我，不自覺地喊出聲，結果鮎子隨即伸長脖子。

「什麼什麼？」

「沒事，沒什麼。」

「妳會這樣喊，怎麼可能沒什麼呀？真讓人在意。好在意、好在意，在意到難受的程度。我今晚一定會失眠。」

「真的沒什麼嘛。」

「小春，妳這個習慣還是改掉比較好喔。妳本人或許沒有自覺，但妳大概每三天就會這樣故弄玄虛一次，讓我很煩躁呢。」

鮎子頂著完全讓人感覺不到煩躁情緒的面無表情，以視線掃過下方校園。

體育館的那兩個人影，是朧同學和鈴木同學。他們好像在忙著把籃子裡裝得滿滿的足球移到另一個籃子裡。在吊兒郎當地用腳控球的鈴木同學身旁，朧同學非常專注地擦拭著足球。就算把只會在外頭被踢來踢去的球擦乾淨，應該也沒什麼意義吧？我這麼想的時候，鈴木同學一把搶去朧同學手中的足球，然後以食指指著他，好像在數落些什麼。

「不用擦啦，反正這些球馬上又會變髒了。」

「可是，它髒到上頭的黑色跟白色區塊都分不出來的程度，甚至看不出來是一顆足球。這樣感覺只是一大團泥沙而已啊。」

「是什麼都沒差啦，只要能踢就好了。是說啊～被我踢出去的球，因為速度太快，就算是乾淨的全新品，看起來也只會是一團圓形物體而已喔。」

「哇，小鈴真厲害～天才！」

我想像著兩人間的對話，嘴角忍不住上揚。雖然也有這種行為很噁心的自覺，但我想像出來的這幾句對話，方向性應該和實際狀況沒有太大差異才是。因為，你看嘛，朧同學正以誇張的動作替鈴木同學鼓掌呢。

雖然不是社員，但我常看到朧同學幫忙足球社打雜。雖然也好奇他為什麼不乾脆加入足球社，但我現在終於明白理由了。如果是女孩子，比起球員，理所當然更想當社團經理才對。要是鈴木同學利用朧同學這樣的想法占便宜，絕對是不可原諒的事，不過，這想必只是杞人之憂吧。朧同學只會做一些沒必要的事，感覺幫不上什麼忙；更何況，鈴木同學是朧同學自己選擇的朋友，所以不可能是這麼壞心的傢伙。

「差不多該從實招來了吧？妳到底看到什麼啦？」

「我覺得妳才應該改掉這種老想打破砂鍋問到底的習慣耶，鮎子。」

「真不可愛～反正妳一定又是在看朧吧。」

為鮎子討厭的敏銳直覺愣住三秒鐘後，我連忙開口辯解。

「為……為為什麼是朧同學？我也有可能在看鈴木同學啊。」

「我從以前就覺得啊，那兩人的長相要是能相加再除二，就剛剛好了呢。鈴木的五官太深邃，朧的五官則是讓人印象薄弱，看到這樣的他們聚在一起，倒還挺滑稽的。」

要這樣說的話，身形高挑纖細的鮎子，和又矮又胖的我的組合，看在旁人眼中，或許也是很滑稽的二人組吧——雖然有這樣的自覺，但因為不想承認，所以我選擇不說出口。取而代之，我試著在腦中把朧同學和鈴木同學的臉蛋相加後除以二……結果朧同學就這樣被浪費掉了。

「不行不行，沒辦法把相加後的長相均分給那兩個人啦。是說，我覺得朧同學的長相就算不加上什麼再除以二，也……不至於太奇怪啊……」

「很奇怪好嗎？頂著那種乳臭未乾的髮型、皮膚又很白皙的男孩子，絕對很奇怪啊。因為我們兩家住得很近，所以我從念小學的時候就認識他了。那傢伙從以前開始，就一直維持著這樣的髮型，身上也總是散發出防曬乳的味道。」

「啊啊！」

「真受不了，現在又怎麼了？好啦好啦，我不會再問了～」

我只是一時不知道該怎麼回答，但性急的鮎子卻將下唇和門牙往前突出，用這種方式嚇唬我。突然看到平常總是面無表情的她這麼做，實在對心臟很不好。一想到哥哥房裡的派翠西亞小姐可能每晚都這樣扮鬼臉，就會讓我害怕得不敢去上廁所。

「妳好厲害喔，鮎子。我原本還覺得朧同學有大海的味道……是嗎，原來那是防曬乳啊，我一直沒發現呢。」

「我倒覺得只有去海邊玩的時候才會擦防曬乳的妳比較厲害。說到大海的味道，一般人會先聯想到海潮的氣味吧。」

鮎子以一副「真是難以置信」的態度，誇張地大大嘆一口氣。被有著一身讓人聯想到陶瓷的白皙光滑肌膚的她這麼說，我也無力反擊。鮎子今天也有擦防曬乳嗎？但她身上沒有大海的味道。就算把鼻子湊近她聞幾下，也只有濃郁的香水味刺激我的鼻腔。

「鮎子，妳身上有防曬乳嗎？」

「當然。一般情況下，夏天可不能沒有這個。」

從口袋裡取出一個小型容器後，鮎子像是刻意炫耀似地把它舉到我眼前搖晃。每當瓶身上下晃動，裡頭的液體便跟著發出令人舒暢的聲響。

「好啦，把手伸出來。」

我像是收到握手指令的小狗，迅速伸出右手。鮎子扭開防曬乳的蓋子，賞賜了十圓硬幣大小的防曬乳在我的掌心。落在手上的這灘乳白色液體，確實有著讓我心頭一緊的氣味。我看著掌心，細細感受著「朧同學平常都會擦這個呢」的事實。為什麼要擦？面對這種不解風情的疑問，我選擇不去思考解答。現在，我只想為了降臨在掌心的大海味道的真面目而感動。

不過，鮎子從極近距離投射過來的調侃視線，讓我開始在腦中描繪的海洋場景一口氣散去。

「妳在幹嘛啊？很噁心耶。那不是用來聞的，是用來擦的好嗎？」

「我……我知道啦！」

可是，我很喜歡這個味道呢。這想必就是初戀的味道吧。

想到這裡，我突然覺得難為情起來。

或許是擦上防曬乳後，就一直聞得到那股味道吧，在朧同學整理完足球、返回座位上後，我變得感受不到他身上的味道了。他大概是洗過手才回來，正以手帕仔細擦乾自己的每根手指。那是一條看起來像是大叔會拿的、散發著大人感的深藍色手帕。

「慘啦，下一堂是數學嗎？我沒寫數學作業呢。」

「咦，那要抄我的嗎？」

朧同學速速將手帕收進口袋裡，然後以另一隻手翻開自己的筆記本。看著這樣的他，我邊想著「嗚哇～我也沒寫數學作業呢」，邊繼續眺望倒映在窗戶上的身影。要是拜託鮎子借我抄，她一定只會短短回一句「不要」。看著悠哉地用額頭按自動筆的鈴木同學，我湧現了不知道是今天第幾次的嫉妒。

「你的字還是一樣小到看不清楚耶。」

「是你的字太大啦。有時間抱怨，不如趕快抄一抄。要是來不及，我可不管喔。」

朧同學正經八百而偏小的字體，透過鈴木同學抄寫的手慢慢變形。我無法實際從玻璃窗上看到鈴木同學寫下的字體，不過，從他沒有半點愧疚、豪爽動筆的模樣來看，可以輕易想像那些出現在筆記本上的文字。

「喂，你在幹嘛啊，這邊算錯了啦。」

「咦？哪裡哪裡？」

「這邊。這邊啦，呆瓜。」

「不會吧，這邊算錯了？抱歉，是哪個地方錯了？」

「說明太麻煩了，總之答案是三，你也順便改一下吧。」

「嗯，謝謝。」

我悶悶地看著根本沒有錯的朧同學又是道歉又是道謝的模樣。老實說，這種情況下的鈴木同學是最可恨的。可以馬上揪出錯誤的他，理應比朧同學還要來得聰明才對，卻因為嫌麻煩而不寫作業。我都想跟數學老師打小報告了。

「嗚哇，你這題也不對。要從這邊繼續算下去才對，你怎麼到一半就以為算完了啊，早洩男。是說，你害我抄到錯誤答案啦，快給我橡皮擦。」

「抱歉抱歉，我幫你擦吧。」

儘管被鈴木同學以下流字眼辱罵，單手拿著橡皮擦的朧同學看起來卻很開心。鈴木同學成績不錯，又擅長運動，可說是文武雙全的類型。不過，他卻不太受女孩子歡迎。除了那張五官過於深邃的臉蛋以外，我很確定還有其他原因。

就這方面而言，朧同學又如何呢？當然，我知道他不會是受歡迎的男生類型。可是，就算有像我這種私底下痴心仰慕他的女孩子存在，或許也不奇怪。不可思議的是，要是遇到這樣的伙伴，我既會想跟對方針對朧同學的魅力暢談一整晚，同時卻也有種不想跟對方說話的感覺。一想到朧同學，我的心就會飄忽不定，總是被任性的想法填滿。就像現在，我一方面為了鈴木同學老是對朧同學說些擦邊球發言的行為感到焦慮，一方面又覺得這兩人感情融洽的互動令人會心一笑。再加上，昨天之前完全無法想像的另一種情感也跟著湧現，我的內心世界變得更加忙碌了。

不過，朧同學的內心想必是更加混亂的狀態吧。住在他內心的那個女孩子，是懷著什麼樣的心情，聽鈴木同學那些跟性騷擾差不多的發言呢？

或許是把被指摘的錯誤修正完畢了，朧同學高舉起雙手伸了個懶腰。那舒爽的動作，看起來像是爬山攻頂後，絞盡渾身力氣所做的深呼吸。儘管他的側臉看起來完全不像在掩飾自己複雜的心境，我心中卻閃過某種難以言喻的不安。朧同學心靈與肉體無法同步所造成的扭曲，究竟已經累積到什麼程度呢？

「呼～結束啦、結束啦，安全上壘～」

聽到鈴木同學拉長的慵懶嗓音，我也覺得有點想打呵欠。閉上嘴強忍後，從眼角滲出的淚水，讓倒映在玻璃窗上的身影變得模糊。我連忙以指腹揉了揉眼皮。掌心傳來濃濃的大海香氣。

「我去一下廁所。」

「馬上就要上課了。」

「撒尿而已，輕鬆的啦。」

看著做出粗俗發言後起身的鈴木同學，朧同學以沒好氣的微笑回以「真受不了你耶」。他們倆的相處模式一如往常。然而，一如往常的對話，現在聽在我耳裡，卻不是一如往常。因為，朧同學想必每一分每一秒都無法輕鬆度過吧。在男女有別的這個世界，光是想像他的感受，便足以讓人痛苦不堪。

被留在座位上的朧同學，等到看不見鈴木同學的身影後，便面向前方坐好。他的側臉已經沒了笑容。獨處時臉上依舊掛著笑容的話，可能讓人有點毛骨悚然，但突然變成認真的表情也讓人害怕。露出這種表情的他，此刻在想些什麼呢？明明不可能聽到朧同學的心聲，我卻還是下意識地豎起耳朵。

「那個……妳今天放學後有什麼計畫嗎？」

令人震驚的是，那個讓我望眼欲穿、帶有特徵的鼻音，竟然是朝著我而來。因為將所有注意力全都集中於聽覺上，我無法即時回應朧同學的偷襲。一心戀慕的那個嗓音，直接擊中我敏感度調到最高的鼓膜。我甚至沒辦法轉動脖子。可是，再這樣下去，朧同學會誤以為我不理他。儘管腦袋很明白這一點，劇烈的心跳聲卻讓我無法開口回應他。緊縮的喉頭堵住我的聲音。

「咦，小春春？難道妳睜著眼睛睡著了？」

我才不會這麼高難度的技巧啦！在內心不停冒冷汗的時候，朧同學的臉突然出現在我眼前。這個瞬間，汗水全都從毛孔噴發出來，身體各處跟著傳來刺痛感。原本以為朧同學是單眼皮，但這麼靠近一看，我才發現他是內雙眼皮。那內斂穩重的眼皮，正在我面前以高速眨個不停。

我昨天也在很近的距離下看過朧同學，還跟他說過話。不要緊，沒什麼好卻步的——我這麼說服自己。要是不快點做出反應，解放完畢的鈴木同學就會回來了。想跟朧同學交談的話，只能趁現在。

可是，我做不到。只覺得眼球深處像是燒起來那樣灼痛。不是窗戶倒影，而是直接看到的朧同學身影，實在過於炫目，讓我無法做出任何反應。為了不和他對上眼，我將視線集中在固定的一點，然後拚命往看不到朧同學的方向聚焦。我過度使用已經乾澀不已的雙眼，強忍著眨眼的欲求。

結果，我決定裝成睜著眼睛睡著的模樣。

因為朧同學叫我「小春春」呢。他明明中規中矩地以黏子的姓氏「川島同學」稱呼她，叫我的時候，卻不是用「山本同學」，而是「小春春」。光是這樣，就足以將我融化。要是跟他對上視線、出聲回應他，我一定會融化到無法保有實體的程度。於是，我專注在維持自己目前的形體上。

「小春春？哈囉～小春春～」

為了將知道自己真實模樣的棘手人物封口，朧同學打算讓我融化——我一面在腦中這麼妄想，一面強忍著不要眨眼。

就這樣繼續死撐的我，直到上課前，都貫徹了睜著眼睛睡覺這種不可能達成的特技。

「鮎子，我們一起回家，然後在路上繞去哪裡玩吧！」

「我要重複說幾次，妳才會記得星期五是社團活動的日子？」

鮎子朝我晃了晃她取代書包而背在身上的黑色樂器收納包。因為她晃得很大力，裡頭的樂器發出可憐的碰撞聲。明明是自己的錯，鮎子卻以一副「都是妳害的啦」的表情皺起鼻子大喊：

「啊啊，我最寶貝的小薩！」

現在是放學前的班會剛結束的時段，鮎子在人擠人的走廊上蹲下，攤開樂器收納包，完全無視周遭學生嫌她擋路的不悅視線。靜靜躺在收納包裡的薩克斯風，有著細瘦的外型和一堆按鈕，看在我眼中，完全無法判別它究竟是完好無缺或是受了重傷。

或許是前者吧，我看著鮎子輕輕闔上收納包，這麼開口：

「妳也加入管樂社嘛，小春。要是身材嬌小的妳負責低音號這種大型樂器，絕對會很有趣喔。」

「不不不，我對樂器一竅不通啦。」

「那不然，我直接去跟社長談判，特別為妳成立一個以鈴鼓、響板、沙鈴演奏，或是純粹用手打拍子的聲部吧。」

如果深入解讀鮎子這番彆扭的說詞，大概就是「我會幫妳找到妳也能演奏的樂器，所以跟我一起玩音樂吧」這樣的意思。不過，我刻意裝作沒有察覺她的真正用意而搖搖頭。

「不用了啦，我的目標可是當上回家社的社長呢。」

即使對象是鮎子，「因為家裡問題無法參加社團」這種話，我也很難說出口。打從小學時代開始，我總是會在家中空無一人的時候返家，獨占那份寂寥的情趣。我會比其他人更早回到家，將充斥在家中的寂寥空氣徹底回收，然後點亮家裡的燈，等待家人們歸來。比起把晾了好幾天的衣物收進屋內，或是把流理台堆積如山的碗盤餐具清洗乾淨，這是一項更為重大的任務。想當然耳，也比社團活動更加重要。

「是喔，那我走囉。」

「嗯，路上小心。小薩也加油喔。」

「如果我有一天當上社長，妳就同時參加我的社團跟回家社吧，小春。我會讓妳擔任社長大人的樂譜台。在這之前，妳就在回家社好好努力吧。」

捧起薩克斯風時，鮎子的心情總是很好。看著她揚起裙襬、帥氣地大步離開的背影，我的內心浮現「好年輕啊～真是青春～」這種彷彿事不關己的深刻感想。

能夠讓自己熱衷的事，除了觀察朧同學以外，我還沒發現其他能讓自己投入的事物。我環顧四周，發現身旁的學生有的手持球拍、有的捧著素描本，看起來全都是準備去參加社團活動的模樣。畢竟今天是週末前的最後一個平日，所以大家都會卯起來參與社團活動吧。不過，今天哥哥休假在家，所以對我來說，也是個不用早早返家的貴重平日。

目送鮎子到完全看不見她的身影後，我轉身踏出腳步。站在這裡感受疏離感也沒有意義。妳就盡情把心力奉獻給小薩吧——我硬是讓自己變成心胸寬大的人。

「等……等一下！」

這個慌張的聲音有些近似於尖叫。還來不及轉頭，我的手就被人從後方揪住，讓我變得無法動彈。即使不回頭，我也能明白不同於女孩子的那隻大大的手的觸感，究竟來自何人。意識到朧同學就站在我身後這個事實的瞬間，我的身體突然動不了。

「我想為了昨天的事向妳道謝。」

他將我的手臂拉近自己，附在我耳邊這麼輕聲開口。儘管只是這樣的輕微接觸，我卻感受到汗珠從額頭滲出。朧同學掌心傳來的溫度，在我手上擴散開來。

然而，接著傳來的「所以，咱們一起回家吧」的朧同學嗓音，一瞬間帶走我所有的緊張情緒。聽到他用這種說話方式，讓我有種被潑冷水的感覺。

「就說不用道什麼謝了嘛。」

我使力甩開朧同學的手，轉身面對他。會用「咱們」這種說法的朧同學，不是我喜歡的朧同學。得仰起頭才能看到的那張臉蛋，不知為何，看起來也沒有以往那麼精緻。

「可是，這樣我很過意不去……」

兩道眉毛皺成八字形，說話也支支吾吾的朧同學，再次揪住我的手，而且這次是用雙手。要是被別人看見了該怎麼辦啊——不知為何，我湧現這樣的負面想法，並為此感到困擾。或許是因為這樣的反應表現在臉上，朧同學的眉毛下垂得更厲害，同時，那雙揪住我的手也開始使力。比起手，覺得心臟會先爆炸的我，終於還是不情願地點點頭，向朧同學投降。

「我知道了，我知道了啦。那麼，我就接受你的好意，讓你請我吃東西吧。」

「咦！但我沒說要請妳吃東西耶……」

「想道謝的話，就要請對方吃甜食吧？這是女孩子的常識喔。」

對「女孩子」一詞過度反應的朧同學，突然在意起周遭的眼光，趕緊拋開我的手。重獲自由後的我，本應鬆了一口氣才對，但心臟的疼痛卻沒有消失。不僅如此，還從昨晚就愈變愈劇烈。

我想，只有趁現在了。我深呼吸一口氣，絞盡自己僅存的些許勇氣。

「朧同學，我一點都不覺得你噁心喔。」

昨天，因為沒能好好傳達給他，而讓我懊悔萬分的這句話，現在，終於能混在放學後的喧囂聲裡說出口。

三 搖來搖去的朧同學

哇，他在抖腳耶！

我忍住想這麼說出口的衝動，豎耳仔細聆聽。彷彿在計時那樣，維持著一定節奏踏步的聲響。得知那是來自朧同學右腳的聲音，讓我受到不小的震撼。這個感覺靜不下心的小動作，跟教室裡那個文靜的他，形象相差甚遠，讓我除了意外還是意外。

對那只皮鞋輕快的動作看得入迷後，我開始覺得抖腳似乎是一種很高尚的行為。我的視線緊盯著地板，遲遲無法抬起頭。

我和朧同學隔著一張圓形小桌子面對面坐著。朧同學就在和我相當靠近，又是正對面的位置上。這裡的桌子不會太小了嗎？當成雙人座的桌子使用，不會讓客人靠得太近嗎？明明以前和鮎子來這間咖啡廳時，我對此沒有任何感覺，現在卻變得極其在意這一點。開著空調的店內，只有我緊緊握著店家提供的濕毛巾。不過儘管很熱，我卻沒有流半滴汗。說得正確一點，是我擦得到的地方沒有流汗。我也很清楚現在的自己，整張臉紅得像是煮熟的章魚。

不過，有著白皙臉蛋的朧同學同樣靜不下心。從剛才開始，他的視線就一直在半空中游移。每當察覺到朧同學在環顧周遭，我便會將視線從皮鞋上抬起，朝正前方偷瞄。上半身很長的朧同學，挺直背脊、忙碌地轉動脖子東張西望的模樣，看起來跟狐獴有點像。

隨著轉來轉去的腦袋舞動的黑色髮絲，讓我看得出神，來不及將視線拉回皮鞋上。我跟朧同學四目相接。原本忙碌不已的那雙黑色眸子，現在直直固定在我身上。那是一雙散發出宛如醬油糰子般溫潤光澤的眼眸。我跟朧同學之間的距離，靠近到如果定睛凝視的話，幾乎能把他的雙眸當成鏡子的程度。我無法移開自己的視線，彷彿整個人都被吸進他的黝黑瞳孔裡。

然而，朧同學卻輕易移開視線，轉而望向桌上裝著冰開水的杯子。他慎重地捧起玻璃杯，我清楚聽到他喝水吞嚥的咕嚕聲。喝個水用不著這樣繃緊神經吧——我這麼想著，也喝了一口水，結果這次聽到自己的喉嚨發出「咳噗」的奇妙聲響。

「嘿嘿……欸嘿嘿。」

我靦腆地笑了幾聲，但朧同學只是專心致志地以餐巾紙擦拭指尖，完全沒有望向我這裡。仔細地擦拭過後，他用細心呵護的那雙手在書包裡翻找。事到如今，才在確認自己身上有多少錢嗎？這個不祥的預感似乎成真了，我窺見朧同學微微將鼻孔撐大的反應。

「妳……儘管點妳想吃的吧。」

很明顯是在裝闊的朧同學，以迅速的動作翻閱桌上菜單。他動人的手指在甜點排排站的頁面停下來。原本決定要點漂浮哈密瓜汽水的我，連忙再次翻開菜單。既然他這麼愛面子，點太便宜的東西有失禮數；然而，若是點太貴的東西，又會造成他的困擾。

朧同學以警戒的眼神等待我做出選擇，他的腳抖得更激烈了。不用這麼擔心啦，我會點個不會讓你的荷包失血太多，同時能顧及你面子的東西——我懷著這樣的想法，再次審視菜單。

發現兩千圓有找的聖代後，我呼喚店員。看到我指向菜單上的這款聖代，朧同學抖腳的動作停下來。他似乎已冷靜下來，臉上恢復成一如往常那種彷彿即將蒙主恩召的平靜表情。

在聖代上桌之前，我們沒有任何交談，只是反覆喝著頻繁補充的冰開水。沒辦法像朧同學喝得那麼優雅的我，不停續杯到得讓店員端一個新的冷水壺過來。

放在小小圓桌正中央的這杯聖代，體積比我想的還要大。在外型類似水晶燈的豪華玻璃杯裡，冰淇淋、鮮奶油和各式各樣的水果，像是在惡搞那樣裝得滿滿的。最上方則是插著一塊三角形的起司蛋糕，看起來充滿爆發力。

「唔哇～看起來好好吃喔。配料超多的呢，好棒好棒～」

我按捺住因為目擊出乎預料的分量而不知所措的反應，表現出略微誇張的欣喜，但朧同學只回了一句「對啊」，隨即沉默下來。他甚至還微微咬住下唇，看起來像在表示「我接下來再也不會說半句話」的決心。這樣咬著嘴巴，要怎麼品嘗聖代呢？像個女孩子那樣在意餐巾紙的朧同學，只有嘴角散發出帥氣的感覺。

「我要開動了。」

看到朧同學點頭，我戰戰兢兢伸出手。換成平常的我，應該會直接用手取下那塊起司蛋糕，大口送進嘴裡，但今天，我選擇以細長型的湯匙挑戰這座巨大聖代。

先挖一口香草冰淇淋吧——雖然心裡這麼想，但形狀類似掏耳棒的不中用湯匙，硬是把一整球冰淇淋挖了起來。看到細長的湯匙立下令人意外的戰果，朧同學的嘴也不禁微微張開。既然被他目擊這一幕，我也沒辦法回頭了。畢竟我們會共享這杯冰淇淋，要是把自己挖起來的食物再放回杯子裡，未免太沒常識。

最後，我下定決心，硬是把跟半圓形的冰淇淋合而為一的湯匙塞進嘴裡。除了「好冰」以外，嘴裡感受不到任何滋味的我，還是試著以「真好吃」稱讚了這杯朧同學請客的聖代。然而，被冰淇淋霸占了口腔的我，說出來的不是「真好吃」，而是「恩拗之」。

為了迴避眼前的尷尬氣氛，我一股腦兒以湯匙將聖代往嘴裡送。我以滑溜溜的水蜜桃切片，將感覺會堵住喉嚨的穀片往下推，再嚥下軟綿綿的起司蛋糕當成蓋子。

「吃得這麼急的話，等等會肚子痛喔。」

終於開口的朧同學，說出來的發言像個老媽子。純粹是他有著愛操心的性格？還是我的行為剛好誘發他的母性本能？不明白朧同學真正想法的我，開始煩惱該怎麼回應他。裝可愛地回答「因為很好吃咩～」，跟半開玩笑的「既然是你請客，不多吃一點怎麼行呢～」，到底哪一個才是正確答案？我一面思考，一面迅速咀嚼口中的起司蛋糕。

「因為你完全不吃啊。」

最後，從被凍僵的口中迸出的發言，完全不是我原先想像的兩種回答的其中一者。聽到跟嘴裡溫度同步的冷淡語氣，連我自己都感到吃驚。

「對……對不起。」

我不知道妳打算跟我一起吃這杯聖代——朧同學以除了我以外絕對聽不見的細微音量補上這一句。我也不知道你以為我打算獨自吃光這座巨大的聖代山呢——我在內心這麼回應他。

儘管拾起湯匙，朧同學的樣子卻有些不對勁。他以指尖捏著湯匙細長的握柄，無名指和小指則是微微浮在半空中。這種握湯匙的方式，理所當然無法好好使力。與其說是挖一口，他的湯匙比較像是從冰淇淋表面刮過而已。

「很好吃呢。」

朧同學以左手掩著幾乎沒嘗到任何東西的嘴巴，勉強擠出僵硬的笑容，接著馬上放下湯匙。

「抱歉，其實我……不喜歡甜食。」

「討厭，那你早點說嘛。」

「對不起喔。如果吃不完的話，剩下來沒關係。」

朧同學像是在慰勞自己平坦的肚子那樣輕撫它。我壓根兒不知道他不喜歡甜食。明明這麼喜歡朧同學，我卻對他一無所知。

原本最喜歡甜食的我，得知朧同學討厭甜食後，突然覺得口中甜蜜的滋味令人不快。儘管如此，我仍繼續動著湯匙。這次，我好好控制住自己進食的速度，慎重地用湯匙一口一口送進嘴裡。將冰淇淋小山挖開後，我發現山腰的位置塞滿切成四方形的年輪蛋糕。

儘管朧同學大方表示吃不完可以剩下，但我怎麼可能把他請我吃的東西剩下來呢？不管會吃壞肚子或是胃袋會結冰，不吃完整杯聖代，我可無法善罷干休。

在我後悔剛剛不該灌下五杯水的時候，朧同學依舊只是小口小口啜飲著冰開水。每喝一口，他便會以餐巾紙拭去手指上沾到的水珠。我沒有出聲，只是凝視著他纖細手指的動作。

下一刻，那些手指張開了。朧同學舉起手，輕聲以「小春春」呼喚我。看來，他似乎是為了爭取發言權而舉手。我一面在內心吐嘈「我們什麼時候採用這種對話系統了啊」，一面在店員產生誤會前給予朧同學發言權。

「是。什麼事，朧同學？」

「那個，關於昨天……昨天的事啊，那個……讓你們為我做這麼多，現在說這種話，感覺不太好意思。呃，該怎麼說呢……」

「你說話不用這麼拘謹啦，我也已經讓你請客作為回禮了嘛。」

「噢，呃……嗯。」

比起回應，這句話聽起來更像在呻吟。朧同學抬眼望向我，似乎還有其他想說的話。難道像這樣請我吃東西，仍不足以讓他表達感謝嗎？

我停下吃冰淇淋的動作，將湯匙擱在桌上。

「那個啊，小春春。」

在千鈞一髮之際，我伸手扶住差點被朧同學向前傾的上半身撞倒的玻璃杯。朧同學的臉變得更靠近了。這般親密的距離，讓人感覺他好像打算說什麼專為我準備的祕密。我對握著玻璃杯的手使力，維持這樣的姿勢，等待朧同學的唇瓣再次動作。

「關於昨天的事，可以的話，那個……希望妳不要說出去。」

面對彷彿試著窺探我的心意而瞇起的那雙眼睛，我不禁別過臉。原本被朧同學占據的視野，現在出現一群不認識的高中女生。每桌客人看起來都很開心，忙碌的店員臉上也始終帶著笑容。在這個被甜食包圍的幸福空間裡，會陷入這種情緒之中的，想必就只有我了吧。

原本為了這個類似「夢寐以求的約會」而亢奮不已的心，現在迅速返回原本的崗位。仍像在翩翩起舞的心跳聲的餘韻，讓我覺得更加悲慘。

我放開握著玻璃杯的手，以沾滿水痕的掌心狠狠擰住裙襬。

「我不會說的。怎麼可能說出去。」

「……謝謝妳。我也覺得妳不是會到處宣傳這種事的人。嗯，太好了。」

這麼說之後，原本上半身往前傾的朧同學，又慢慢坐回座位上。不同於這樣的發言，他臉上的表情，仍和剛才懇求「希望妳別說出去」時沒有兩樣。

朧同學現在這種慢條斯理的說話方式，跟他和鈴木同學聊天時的感覺大不相同。一種難以忍受的異樣感灼燒著我的胸口。喜歡朧同學不停變換形狀的嘴部表情的我，現在覺得極其失望。說是想要道謝，但他或許只是想跟我說這句話。朧同學並不信任我。那時，我明明跟他說了我喜歡他啊。因為喜歡他，所以想成為他的助力，絕對沒有動什麼歪腦筋——為了證明這件事，我才會做出那番空前絕後的告白。

我咬住下唇，香草的滋味跟著傳來。來得不巧的這股甜蜜滋味，讓我在腦充血之前，就先變得全身無力。我清醒過來了。現在不是沉浸在感傷中的時候。

『不會覺得我很噁心嗎？』

朧同學那時的表情在腦海裡復甦。我不想再為相同的事情後悔第二次。

「我真的不會告訴任何人。別說是撕裂我的嘴巴，就算把我的身體劈成兩半，我也絕對、絕～對不會說出來。」

所以，請你不要露出這種表情——我在內心這麼祈求，直視仍透出幾分懷疑的朧同學雙眼。這雙眼睛現在正看著我，所以，我認為自己不能迴避，必須正面迎下他的視線。然而，我們對上的視線隨即再次分開。

明明一口都不願意吃，朧同學卻垂下頭盯著被我們晾在一旁的聖代。原形已不復見的冰淇淋、油水分離的鮮奶油、被泡軟的穀片、變色的香蕉、陷進冰淇淋裡的年輪蛋糕，我簡直像是目睹了自己的內心世界。

「抱歉，說了一些奇怪的話。冰淇淋融化了呢。」

朧同學談論冰淇淋的嗓音很輕很輕，不過，這是我最喜歡的平穩、澄澈的朧同學嗓音。

「不要緊、不要緊，稍微融化的冰淇淋才好吃。」

總覺得再拿起湯匙慢慢挖也很惱人的我，直接捧起巨大玻璃杯的腳座，將剩下的食材倒進口中。我在內心以「看我一口氣乾了你們！嘎哈哈哈哈！」的台詞提振士氣，仰頭飲盡融化的聖代。我變得自暴自棄，感受生冷黏滑的物體通過食道、最後流進胃袋的過程。雖然覺得好像有什麼哽在喉頭，但我仍毫不在意地繼續將杯中物吞下肚。

感受到胃袋被壓迫的痛苦後，不知道自己究竟在做什麼的我才猛然回神，然後發現水晶燈玻璃杯的內容物已經清空。把杯子放回桌面正中央後，朧同學的視線也回到我身上。他微微瞪大雙眼，為我獻上只有十根手指頭輕觸的低調鼓掌。

「好厲害，妳吃光了呢。」

「承蒙招待。謝謝你，朧同學。很好吃喔。」

「妳沒有剩下，而是把整杯都吃光，我才應該跟妳說謝謝。」

看到朧同學朝我伸出手，我原本還以為他是想握手，但他的掌心乘著一片白色物體。我連忙修正自己因不解而微微歪頭的動作，接下他遞過來的餐巾紙。試著想像朧同學以老媽子的語氣勸導「用這個擦擦嘴」的模樣後，心情變得愉快起來。為了壓抑湧上心頭的笑意，我以小巧的動作再三擦拭嘴巴。看到這樣的我，朧同學滿意地點點頭說：

「那我們走吧。」

話都還沒說完，朧同學便匆匆起身。他以俐落動作直接走向收銀台的背影，看起來彷彿試圖逃離什麼。被獨自留在座位上的我，在桌面下輕撫自己肉肉的肚子。可別出問題喔，加油，拜託你一定要好好消化——我隔著皮下脂肪向自己的內臟喊話。這是朧同學請客、難能可貴的一杯聖代，要是不好好讓它化為自己的血肉，我可會傷腦筋呢。

看到朧同學將皮夾收進書包之後，我才從座位上起身。讓人請客的時候，一起走到收銀台前看對方結帳，是有失禮數的行為——我想起鮎子過去向我提及的淑女應有的教養。雖然已經知道那杯聖代的價錢，但我還是遵守著鮎子的教誨。此外，她還說過對方可能會趁結帳時偷偷買禮物給自己。這種情況下，就算察覺到對方有此意圖，也要佯裝成渾然不覺的樣子，等到對方將禮物遞給自己，再表現出有些誇張的欣喜反應。所以，我裝作什麼都沒看到，早一步走出店內。

「今天謝謝你的招待。」

「不客氣。」

一如所想，踏出店內的朧同學，手上捧著光看一眼，就能知道裡頭裝著甜食的白色細長紙盒。儘管覺得自己大概暫時不想再看到鮮奶油了，我仍裝作沒有察覺到白色紙盒的存在。結果，朧同學直接將紙盒捧到我的眼前。

「呃，這個……」

「哇啊，好開心喔，謝謝你！」

我在胸前拍了一下手，然後在原地開心地跳了兩下。徹底展現出欣喜之情後，我伸出手，但臉上看起來有些不捨的朧同學，卻沒有馬上放開那個紙盒。

「那個……請跟妳的哥哥一起吃吧。」

「啊！啊～哥哥嗎……說、說得也是喔，這是送給哥哥的嘛。」

「不，因為裡頭有很多個，妳也要一起吃喔。」

「不不不！託你請客的福，我今天已經吃到肚皮都快漲破了。嗯，所以這個我就轉交給哥哥吧。對了，他今天放假在家呢。沒錯沒錯，快點回去拿給他吧。」

為了草草帶過自己剛才那番難為情的言行，我宛如連珠砲似地開口，然後揪住朧同學的手腕，再次像來時那樣硬是拖著他往前跑。沒有勇氣握住他的手這一點，跟昨天的自己一模一樣。

雖然憑著一股勁把朧同學帶回自己家，但家中並不是適合招待訪客的狀態，更何況，今天的訪客還是我心愛的朧同學。做出這種選擇的我，簡直可說是不知天高地厚。印象中，我已經好一陣子沒打掃家裡，也沒看過其他家人這麼做了。

儘管有遵守鮎子的教誨，但我現在陷入另一種進退兩難的狀態。從遠方天空傳來的蟬鳴，聽起來彷彿在催促我的動作。我將鑰匙插進大門的鑰匙孔，猶豫著要不要開門。

「什麼嘛～原來是妳啊，小春春，別嚇我啦。」

無視我的想法，門把緩緩被轉開，大門也跟著敞開一些。哥哥的臉從門縫之中探出來。

「妳幹嘛不趕快進來啊？聽到鑰匙轉開門鎖的聲音之後，突然就沒有半點聲響，嚇得我以為是有人想闖空門呢。」

握著剪刀當護身用武器的哥哥這麼說。這很像造型師會做的選擇。然而，他的左手握著感覺派不上任何用場的梳子，再加上身上穿的是學生時代的運動服，看起來只給人在搞笑的感覺。

那件豆沙紅的短褲好傷眼。哥哥現在這副打扮，足以讓他在髮廊那種刻意裝帥的形象完全瓦解。再加上，他還把過長的瀏海在頭頂紮成一撮銀色的沖天炮，讓比一般人更寬更高的額頭完全坦露在外。儘管已看習慣哥哥這種假日打扮，但一想到朧同學也目睹到幾乎跟我一模一樣的寬額頭，我就覺得莫名羞恥。我若無其事地用手順了順自己的瀏海開口：

「朧同學想來為昨天的事道謝。」

「哇啊，小椿，歡迎你來～」

看到我身後的朧同學，哥哥隨即用拎著剪刀的那隻手親暱地朝他揮了揮。大大印在運動服上的學號，現在看起來彷彿某種吉利的數字。面對一個穿著男生制服的男孩子，還能毫不猶豫地脫口呼喚他「小椿」的哥哥，感覺有點帥氣。

僵在原地的朧同學朝哥哥鞠躬致意。他的腰彎得一如往常的低，像是想展現昨天被哥哥稱讚的那個髮旋。

「昨天非常感謝您。」

「不好意思呢，難得你來，我卻是這副難看的樣子。」

「沒……沒有這回事。那個，您這樣也……很有運動氣息……」

「喔，真的嗎？其實啊，大哥我也覺得自己說不定可以混進小春春班上參加運動會呢。不只是運動服，我覺得現在的自己也還很適合制服耶。應該說，我有自信現在的自己穿上制服後，甚至會比學生時代更帥氣喔！」

就算是身為血親的我，也無從判斷這番發言究竟是認真的還是在說笑。我打斷嘰哩呱啦說個不停的哥哥，下定決心將大門完全打開。

「總之，先進來吧，朧同學。」

「雖然家裡髒兮兮的，但你別客氣，儘管進來吧。就算不脫鞋子也沒關係喔。」

從自己世界回到現實世界的哥哥，笑著介紹我們家的現況。

「打擾了。」

戰戰兢兢踏進玄關的朧同學，以氣若游絲的嗓音開口。我將隨意丟在地上的鞋子往左右撥開，清出一條路，等待朧同學登陸我們家。

原本早已看慣的玄關，現在讓我覺得有點新鮮。沐浴在燈光下的朧同學，白皙的臉蛋變得紅撲撲的。直到這時，我才第一次注意到，原來我家玄關用的是暖色系的燈泡。

「那個……大哥，雖然不知道合不合您的口味，但不嫌棄的話，請收下這個。」

朧同學畢恭畢敬地將捧著紙盒的長長雙臂伸向前方。哥哥以手刀在空中劃了三下（註1），做完這種大叔級的冷笑話表演後，才速速接過朧同學獻上的貢品。

「哎呀，真不好意思。那麼，哥哥就心懷感激地收下了喲。」

偶爾會從哥哥嘴裡迸出來的女性化用語，在這一刻爆炸了。但朧同學看起來並不在意哥哥的粗神經言行，只是忙著把脫下來的鞋子排放整齊。他甚至連我脫在一旁的鞋子都幫忙擺好。融洽地並排在一起的大小雙皮鞋，在燈光照耀下散發油亮的光芒。

「小春春，帶小椿去妳房間吧，我再端飲料給你們。」

「咦咦？」

原本打算在客廳招待朧同學喝茶的我，不禁為這個提議高聲驚叫。眼前的哥哥和朧同學都圓瞪著雙眼，我想，我的眼睛應該也圓瞪到不輸給兩人的程度吧。每天只要

註1：相撲力士在比賽獲勝後，領取獎賞前會做的動作，用以向三位神明表示敬意。

一有閒暇時間，我的腦袋總會被朧同學給填滿，但至今，我可從未編織過招待朧同學到自己房間裡的美夢。

「不要緊、不要緊！泡茶這點小事我也做得來啊。」

哥哥以巨大手掌推著我的肩膀往前，我只好無奈地踏上前往自己房間的走廊，朧同學理所當然地從後方跟上來。我走在最前頭，後方是催促我前進的哥哥，最後是跟著我們走的朧同學，是會讓人聯想到RPG類電玩遊戲的直線隊伍。

來到房間外頭後，哥哥懶洋洋地拋下一句「請慢慢享受～」然後脫隊。只剩下兩名成員的隊伍，令人有些不安。朧同學往前一步，規規矩矩地填補了哥哥離開後留下的空隙。

現在，我的房間裡是什麼樣子來著……我一面挖掘早上從床上彈起來時的記憶，一面將手伸向門把。總之，得先把脫下來之後隨意扔在床上的運動服藏起來才行。把以前的舊運動服當成居家服，是我家代代相傳的做法。我國中時代的那套運動服，早已是滿布毛球的狀態。

除此以外，我想不到有什麼特別不能讓朧同學看到的東西。裡頭只是個電玩遊戲、漫畫、CD和DVD堆放得亂七八糟的無趣房間。仔細想想，從小學時代以來，這點似乎一點都沒變。

我打開房門，在招呼朧同學入內前，自己先鑽了進去，以若無其事的動作將大刺刺扔在床上的綠色運動服藏進毯子下方，再把沒收起來的電玩主機推向角落、看到一半的漫畫放到桌上，最後將坐墊放在這個清空的區域裡。

「來，請坐請坐。」

朧同學戰戰兢兢地坐在我準備的坐墊上。這種亂糟糟的房間，感覺比較適合隨便躺在地上或是盤腿坐著，但朧同學竟然選擇跪坐。挺直背脊的他，一雙眼睛不安分地轉來轉去，毫不客氣地觀察這個滿是幼稚嗜好的房間。

我有種彷彿內心世界被他看光的羞恥感，但另一方面，不可思議的是，能讓朧同學看到這個將我的一切濃縮起來的房間，也讓我有些開心。

「對不起喔，我的房間很髒亂。雖然東西亂七八糟的，但請你別在意，放鬆心情休息吧。」

我將自己的坐墊放在跟朧同學有一段距離的位置，挑戰不習慣的跪坐。那雙骨碌打轉的黑色眼珠，最後停留在我身上。明明朝我點頭了，但朧同學仍緊張得不停吞口水，直挺挺跪坐著，看起來完全沒有放鬆。想到自己讓他呼吸這個房裡滿是灰塵的空氣，連我都忍不住情緒緊繃。

「爸媽總是忙著工作，幾乎都不在家。而且我爸經常必須隻身出差，所以連家都很少回。」

「那麼，妳總是一個人在家嗎？」

「嗯。頂多是哥哥偶爾在家而已，像今天這樣。所以，你不用太客氣，放輕鬆一點吧。」

朧同學眨了幾下眼。原本是為了緩解他的緊張情緒而說的這句話，似乎引來他的同情。正當我想開口辯解時，朧同學以沙啞鼻音道出的「這樣的話，我以後常常來玩吧」讓我把還沒說出口的話吞回肚裡。明明沒接到邀請，卻突然厚臉皮地表示「以後要常常來玩」的朧同學，臉上帶著不太自然的笑容。年幼的時候，因為父母經常不在家，我總覺得這個家好大好大。現在，那種情感再次於腦中浮現，我感到鼻腔深處湧現一陣酸楚。

「久等了～茶泡好囉。但其實是果汁啦。」

房門在沒有任何前兆的情況下被打開，來訪者胸前的四個數字跟著映入眼簾。沒有敲門就踏進來的哥哥，不是用托盤承載裝了果汁的玻璃杯，而是靈活地以單手握著兩只杯子。他的另一隻手拿著一個神祕的黑色小盒子。從兩隻手都沒空著的狀態來看，哥哥八成是用腳開門的吧。怎麼這樣啊？

「來，盡情大口喝吧，這是不限時的喝到飽喔。」

「哥，你手上那個黑色的盒子是什麼？」

「喔，這個啊。因為我最近買了新的，這個舊的就用不到了，但想丟掉又捨不得，真傷腦筋呢。如果你願意收下的話，等於是幫了我一個大忙喔。」

哥哥晃著頭上的沖天炮迅速說明完畢後，對我和朧同學展示那個盒子。仔細觀察這個看起來很堅固的四方形盒子後，我發現自己看過它。這是哥哥以前使用的化妝箱。印象中，哥哥從這個小小盒子裡掏出各式各樣化妝工具的樣子，就好像在變魔術一樣，讓我感到新奇不已。

「用這個來練習化妝怎麼樣？看著自己的化妝技巧慢慢成長，是一件很有趣的事喔。」

哥哥將原本舉在半空中的小盒子遞給朧同學。或許是已明白盒子裡裝著什麼東西了吧，雖然沒有出聲，但朧同學的唇瓣彎起，滿溢著感激之情。儘管一雙閃閃發亮的眼睛瞪大到快要掉出來，原本跪坐著的屁股也跟著抬起，不過朧同學仍只是重複著嘴巴一開一闔的動作，既沒有說話也沒有伸出手。於是，我取代拘謹的朧同學接下那個盒子。

「謝謝你，哥哥。」

「嗯，看到它還能派上用場，真是太好了。雖然是我用過的二手貨，但請你盡情使用吧。」

哥哥一派輕鬆遞給我的盒子，遠比我想像的要來得沉重。盒子差點摔到地上的時候，抬起上半身的朧同學迅速伸出手幫我扶住它。彼此手指接觸的感覺，以及逼近眼前那雙強而有力的眼眸，打亂我的心跳節奏。死盯著小盒子看的朧同學，臉上露出比忘記帶東西而被老師斥責時更加嚴肅的神情。

我因為無法承受朧同學突然靠近而放開手，於是，小盒子順理成章成為朧同學的所有物。他看著捧在掌心的盒子，嘴巴因為感激而張成大大的圓形。

「那麼，哥哥要稍微出門一下。你慢慢坐喔，小椿。」

「好的，真的各方面都很感謝您。」

朧同學特地起身，以雙手揣著小盒子，朝哥哥深深一鞠躬。因為不習慣跪坐而雙腿發麻的我，維持坐姿隨口問了一句：

「你要去參加運動會嗎?」

「小春春,妳這傻孩子,哪有運動會在這種傍晚舉辦啊?」

「既然這樣,你記得換一套衣服再出門喔。」

「好好好,我知道。我會順便買晚餐回來,妳就在家好好休息吧,小春春。好啦~要買什麼回來才好呢~喔,對了!久違吃個豬排咖哩便當也不賴嘛~」

拋下充滿生活感的發言後,哥哥便意氣風發地離開房間。隔著房門,「今天的晚餐吃便當~小春春最喜歡的豬排咖哩便~當~」的歌詞,搭上一段聽起來心情極佳的旋律傳來。真希望這只是我的幻聽。

啊啊啊,很丟臉耶。豬排咖哩這種食物,感覺像是貪吃鬼的代名詞。這下子,我不只喜歡還是最喜歡豬排咖哩的事實,不就被朧同學知道了嗎?我明明也很喜歡布丁、草莓或是棉花糖這類很像女孩子會喜歡的可愛食物啊。看上去是一片茶褐色,沒有任何可愛要素,彷彿充滿了貪婪欲望的豬排咖哩——為什麼偏偏只爆料我喜歡這種食物呢?

我抬起視線。揣著小盒子起身的朧同學,仍站在原地凝視哥哥離開後的房門。他白皙的臉頰微微鼓起,整齊的門牙從唇瓣間探出。只是靜靜望著房門的朧同學,在我看來露出了笑容。

「吃完豬排咖哩便當後，把我剛才送的蛋糕當成飯後甜點吧。」

那是個像在跟鈴木同學互開玩笑的活潑嗓音。哥哥從遠處傳來的豬排咖哩便當之歌進入尾聲時，朧同學嘴角浮現的笑意變得更深了。雖然是一臉認真的表情，但他微微上揚的嘴角現在再次往上，眼尾則被上揚的嘴角牽引而下垂。將上排門牙輕輕抵著下唇後，圓潤的雙頰浮現淺淺的酒窩。

這一連串微笑的動作，我透過窗戶倒影看過多少次了呢？咬著下唇露出羞澀的笑容——這是朧同學第一次在我面前展現這個習慣。這一刻，我覺得自己就算死了也無所謂。就算現在死了，會讓我吃不到豬排咖哩和朧同學送的蛋糕，我也毫無怨言。

我喜歡朧同學的一切，不過，最喜歡的還是他的笑容。因為實在是太喜歡、太喜歡、喜歡到不知該如何是好的程度，所以，看到朧同學的笑容蒙上陰霾時，我的視野也會跟著變得模糊。如果我繼續哼唱哥哥那首豬排咖哩便當之歌，朧同學是不是就願意一直維持現在這種令人憐愛的表情呢？

在我思考這種愚蠢的事情時，本應凍結的胃袋，現在卻傳來陣陣刺痛感。

到玄關送朧同學離開後，在大門關上的瞬間，我聽到後方傳來類似水聲的滴答滴答聲。大概是哥哥又沒把水龍頭關緊吧——我沒好氣地這麼想著，朝廚房跑去，但只看到布滿白色水痕的乾燥水槽。我去檢查洗手台，但也沒看到水龍頭在滴水。我順著聲音來源在家中徘徊了片刻後，才發現自己白忙了一場，因為那是時鐘秒針發出來的聲響。

時間是六點四十五分。基於「我得在晚飯時間前回家」這種孩子般的理由，朧同學沒有打開方才如獲珍寶似地揣在懷裡的盒子，將它留在我房裡就離開了。

為什麼只是少了一個像他那麼文靜的人，周遭就會突然冒出各式各樣的聲音呢？不只是時鐘的滴答聲，今天，感覺連冰箱的運轉聲都格外響亮。即使明白了聲音的來源，秒針的滴答聲仍不停在耳邊盤旋，彷彿在催促我跟時間賽跑，讓我很想掩住耳朵。明明只要打開電視就好，我卻覺得浪費而不願這麼做。我返回自己的房間，關上房門，把自己幽禁在狹窄的密室裡。

我沒有靠近平常總愛賴在上頭的床鋪，而是對著使用者已經離開的坐墊再次跪坐下來。在這個塞滿雜物、讓人呼吸困難的狹小房間裡，跟窗簾有著相同雲朵花樣的坐墊，是唯一鮮明得彷彿能粉碎這個空間的東西。看著放在一旁、裡頭果汁還有剩的玻璃杯，我嘗試自言自語了一句：「看來，要把這些東西收走很難囉。」

朧同學遺留在這個房間裡的痕跡，我沒有果斷到能夠俐落抹去它們的程度。老實說，我甚至暫時不想把窗戶打開，不想讓有朧同學氣息環繞的室內空氣洩漏出去。我今天不想再接收任何視覺情報，只想讓朧同學的殘像滿滿黏在自己的眼皮內側，然後就這樣一覺睡到天亮。我甚至希望胃袋的痙攣和鈍重的疼痛感不要消失，或許有點異常吧。

契機是某次的換座位。

我碰巧換到在鮎子後方，且是老師比較不會注意到的靠窗最後一個座位。為這樣的座位安排感到開心的我，完全沒有注意隔壁坐著誰。不過現在想想，其實預兆曾經出現過。在新的座位上就坐的瞬間，我的腦裡變成一片靛青色的世界。明明不是會為了夏天到來而興奮的人，我的大腦卻沒有停止描繪過大海。

換座位過了三天後，我才想到有可能是因為靠窗座位距離天空比較近的緣故。我愚蠢的腦細胞，八成是把天空的藍和大海的藍混在一起。

這時，我第一次瞥見朧同學落在窗上的倒影。原本只是想眺望窗外的天空，但朧同學倒映在窗上的側臉阻斷了視線。從窗外灑進來的陽光，像要狙擊朧同學似地全都直接落在他身上。沐浴在陽光下的他，看起來彷彿跟天空同化，成了透明的存在。

那張側臉突然轉正。似乎是對我持續眺望的窗外景色感到好奇，不經意做出的一個動作。這時，清晰的大海香氣從隔壁座位傳來。

這一瞬間，朧同學君臨了我的世界。原本形象模模糊糊的「朧椿」這號人物，和我腦中持續描繪的大海合而為一之後，瞬間有了明確的輪廓。我自己也不明白具體理由為何。喜歡狗的人，在路上看到狗的時候，目光總會不自覺被吸引，或許就是類似這樣的心境吧。我或許原本就喜歡這個人。雖是突然湧現又是第一次體會到的情感，但我意外地能夠接受。

帶有幾分神祕色彩的大海香氣，原來是防曬乳的味道——即使是明白了這一點的現在，這份情感仍無法消退，讓我相當困擾。我不喜歡膚色白皙的男孩子，更不用說比身為女孩子的我更白的男孩子。我也不喜歡在意膚況、感覺很娘娘腔的男孩子。然而，我卻將人生首次湧現的愛意，獻給這樣一個男生。我的心，就這樣被那個連性別是不是男性都很可疑的男生奪走了。

「你這個初戀小偷……」

我對朧同學剛才跪坐在上頭的坐墊這麼輕喃。明明是在怒罵，臉頰卻擠出一個傻笑的表情。

四 歡迎光臨朧同學

帶著水氣的學校泳裝會吸收陽光。待在池畔的女學生，身上全都透出這種高雅的光澤。在我眼裡，比起因反射陽光而波光粼粼的水面，泛著漆黑光澤的學校泳裝更要美上好幾倍。

換衣服很麻煩，再加上我不會游泳，所以我討厭游泳課。不過從小學時代開始，我就很喜歡這樣的光景。喜歡到一想到高中畢業就得跟學校泳裝說再見，甚至會讓我感到寂寞不捨的程度；喜歡到會以「以後就只能以大學生或是社會人士的身分，在無法以學校泳裝和他人建立關係的世界生活下去了嗎……」這種有些悲觀的方式想像未來的程度。

只穿上泳帽和學校泳裝這種簡單俐落的感覺最棒了。把頭髮塞進泳帽裡，再以面積稀少的黑色布料把身體包覆住後，每個人看起來都跟穿著制服時的模樣截然不同。摘下華麗的假睫毛後，臉蛋瞬間變得跟四格漫畫裡的角色一樣樸素的女同學。看起來一本正經，卻打了無數個耳洞的女同學。明明身材好得沒話說，腳趾甲形狀卻難看得無藥可救的女同學。能夠觀察其他同學平常不會讓人注意到的小細節，是一件很有趣的事，所以，我可不是有偏愛學校泳裝這種奇特嗜好的人。

……不，等等。我的腦中突然靈光乍現。奇特的嗜好？那不是很好嗎？

『小春春，妳都沒有喜歡的男孩子嗎？這樣絕對很奇怪啦。妳是不是女同啊？』

念國中時，只要聊到戀愛話題，我常常會被人用這個聽不懂的詞彙排除在外。但現在我明白了——女同，女同志。這不是挺好的嗎？到了這把年紀，還不曾喜歡過任何男孩子的我，或許有這方面的素質也說不定。我總覺得，倘若自己是個無論對象是男是女，都能以寬闊心胸愛著對方的人，那麼，我應該也能跟既是男孩子也是女孩子的朧同學打好關係吧。

凡事都要試試看。我究竟會不會對同性產生情欲呢？我決定來進行一場相關實驗。

我選擇距離最近的鮎子作為實驗對象。為了振奮精神，我煞有其事地邊吞口水邊細細觀察她。鮎子和我之間的距離，靠近得只要稍微挪動身子，就會碰觸到彼此。儘管嘴上說今天的陽光很燦爛，但其實根本不想曬黑的她，仍為了逃避陽光而躲進我的影子裡。

以心懷不軌的眼光來看，屈著腿坐在地上的鮎子，體型其實還挺性感的。平常只覺得看起來很纖細的那雙長腿，原來大腿的部分意外肉感。至於胸部，就算撇開上半身向前彎的不自然姿勢帶來的影響，分量看起來也不小。更重要的是，體型跟成年女性沒有太大差別的鮎子，現在穿著學校泳裝。光是這件事本身，就已經極其色情。

更何況，鮎子還有著一張端整的面容。一般會被視為缺點的暴牙，現在也以絕佳均衡感為那張臉加分。我甚至覺得，就是因為有暴牙，才會讓鮎子變成美女。不過，因為偏細的眉毛和一雙細長的鳳眼，鮎子總給人很嚴苛的印象。再加上她現在將頭髮全都塞進泳帽裡，少了能遮住部分面容的配件，因此臉蛋看起來更犀利了。

總是散發出一種難以親近的氣質的鮎子，就算褪下制服，看起來也像隻高傲的野貓。一如貓咪將爪子藏在柔軟的肉球下，鮎子水潤的唇瓣後方也潛伏著門牙。想到這裡，我變得無法移開視線。比起雙峰之間的鴻溝、淌著水珠的大腿、或是泳裝緊緊陷入股溝的臀部，鮎子的嘴角更有魅力。

或許是察覺到我的視線吧，鮎子歪過頭，一副想問「幹嘛？」的表情。同時，她也微微張開嘴，讓巨大的門牙威風凜凜地從唇瓣之間亮相。在堅固的門牙上下方，分別是偏薄的上唇和豐厚的下唇。如果吻上她的唇瓣，會是什麼樣的感覺呢——為了得出答案，我試著將自己的想像力發揮至極限。一開始一定很冰冷，但相觸之後，唇瓣會開始透出熱度。溫暖的下唇有著舒服的觸感，仍偏冷的上唇讓人有些搔癢，撞到牙齒的時候則會有點痛——光是這樣的想像，便足以讓我的背脊發冷。

我放棄了。我很喜歡鮎子，但正因為喜歡，才無法像這樣對她抱有邪念。我太失望了。無法平等地愛著男人和女人、心胸狹窄的自己，讓我失望到幾乎生氣的程度。

「妳是怎樣啦？從剛才就死盯著別人的臉。暴牙有這麼罕見嗎？」

那是個彷彿來自地獄、十分有魄力的低沉嗓音。我回過神來，發現鮎子將過細的眉毛揚起，眉心也擠出皺紋，她的臉和我靠近到真的可以接吻的距離。她刻意將下唇和下巴往前突出，以「啊啊？」恫嚇遲遲沒回話的我。

「啊啊，我還是沒辦法。」

不甘心地這麼表示後，我有種難受的窒息感。總覺得剛才那句話，彷彿是我在對自己說「看來，我也沒辦法跟朧同學做這種事吧」。再撐一下就好。只要等到做完暖身操下水，就算流下眼淚，也沒有人會發現。

無論多麼努力吸氣，還是有種呼吸困難的感覺。為了消除這種痛苦，我讓眼前這張憤怒的表情填滿視野。「什麼東西沒辦法啊？快說。」儘管做出將下顎往前方突出的表情，鮎子這句話依舊說得口齒清晰。看著這樣的她，我忍不住噗嗤笑出聲。因為我知道鮎子只是假裝生氣而已。真的動怒的時候，她想必不會像現在這樣皺起眉頭、露出門牙、把下顎向前突出，只會變成臉上沒有任何表情的冰冷模樣。

我喜歡鮎子。不過，這跟喜歡朧同學的感情很明顯有著不同之處。倘若我能像喜歡鮎子這樣喜歡朧同學的話，會有多麼輕鬆呢？這是我打從出生後第一次詛咒自己的性別。

——叮咚～

正當我沉浸在感傷的氛圍裡時，某個破壞氣氛的聲音傳來。都還沒做暖身操，就要進入下一堂課了嗎？我模仿鮎子的憤怒表情，怒瞪那片發出愚蠢聲響的蔚藍天空。

——叮咚～

或許是露出門牙的方式不夠凶狠吧，彷彿在嘲笑仰望天空的我，相同的聲響再次傳來。咦？話說回來，那與其說是學校鐘聲，聽起來更有家的感覺。比起提醒時刻的聲音，更接近告知有人來訪的聲音。

——叮咚～

在門鈴響第三次的時候，我清醒了。睜開眼睛後，我發現自己的上方不是一片晴空，而是再熟悉不過的平坦白色天花板。不過，我似乎露出了和夢裡相同的表情。迅速讓表情恢復成正常後，太陽穴附近傳來陣陣刺痛感。我在心中輕喃：「噢，原來是作夢嗎？」然後再出聲回答自己：「嗯，是作夢。」雖然剛清醒，但我的嗓音還挺清晰的。

用肩膀抹去臉上不知是汗珠還是眼淚的水分後，門鈴第四次響起。無機質的鈴聲，撼動這個密閉空間裡窒礙的空氣。在其他家人全都外出的狀態下停止的時間，彷彿在這一刻突然開始流動。我連滾帶爬地離開床鋪。

現在是正午過後的時間。我聽著第五次響起的門鈴聲，將眼睛貼上大門上的貓眼，結果震驚得一頭撞上門板。透過貓眼的小小孔洞，我窺見外頭的訪客被這個撞擊聲嚇到，因此縮起肩膀往後退了一步的反應。那是我連作夢都會夢到的朧同學。

「朧同學，你怎麼……怎麼會來？」

「咦，我們昨天不是約好了嗎？」

因為過於震撼而道出的問題，得到完全出乎意料的回答。因為隔著大門，所以聲音聽起來有些模糊，但這的確是朧同學的嗓音。沒有接到我第二次的邀請，而是自行決定「以後要多來玩」的朧同學，真的馬上又來我家玩了嗎？

可是，不管怎麼想，那都算不上是一個約定。只是朧同學擅自做出的決定，我完全沒有介入其中。是說，我連臉都沒洗就跑過來應門了。要跟朧同學見面的話，我希望能先沖個澡，洗掉睡覺時流的汗；還得換套衣服才行，不能穿著這件滿是毛球的運動服跟他見面。更何況，這套運動服還是我自行用剪刀把衣袖和褲管剪短的夏季版本。要是被朧同學目擊到這麼窮酸的改造版運動服，我今後可會活不下去。再加上家裡仍是沒有打掃過的狀態，就連朧同學昨天用過的那只玻璃杯，都還擺在他坐過的坐墊旁展示。

我終於慢慢清醒過來的大腦，一瞬間就被困惑徹底淹沒。

「啊……難道我這麼做會給妳添麻煩嗎？」

朧同學變得更細微而難以聽清楚的聲音，再次從大門另一頭傳來。聽到他小心翼翼試探的嗓音，我不禁把門打開。原本打算馬上否定朧同學的疑慮，但在沒有被任何物體阻隔的狀態下，一聲清晰的「早安」搶先一步直接傳入我耳中。迅速以鼓膜回收朧同學帶著幾分拘謹的嗓音後，我稍微深呼吸一次，才終於開口：

「怎麼會呢！我只是有點嚇到而已。」

「什麼啊～太好了，我緊張了一下呢。」

說著，朧同學以雙手按住胸口，露出放心的笑容。就早上見到的第一張面孔而言，刺激實在強烈過頭的這個笑容，將我腦中鬱悶的情緒徹底驅散了。謝謝你特地過來。歡迎你，朧同學──此刻，我內心已滿是這樣的想法。

「不過，對不起喔。我想說妳可能還在睡，結果連續按了好幾次門鈴。」

嗓音變得高亢的朧同學，以食指在空中重現方才按門鈴的動作，還紮紮實實按了五次。我也舉起雙手，試著同樣以肢體語言回應他，但因為不知道做什麼動作才好，結果只是把舉起來的雙手毫無意義地晃了幾下。

「我才應該說對不起，太晚聽到門鈴聲……」

「應該道歉的人是我。難得的假日，卻把妳吵醒了。不過，能順利見到面，真是太好了。」

最後又補上一句「對吧？」的朧同學，為了徵求我的同意而揚起眉毛，還微微歪過頭。比起眼前這張讓人無法想像是對自己展露出來的表情，「對吧？」這兩個字的餘韻，徹底讓我的大腦融化。因為，聽起來就好像完全看穿了我的內心啊。讓人心頭一緊、感到害羞、卻又恨得牙癢癢的敗北感，勾起我只有在這種關頭才會浮現的好勝心。

「可是，我不記得有跟你約好耶。突然看到你來，我真的嚇了一大跳。」

「我們昨天約好的啊。沒錯吧？」

「那只是你擅自決定以後要常來玩而已……應該是宣言，不是約定呢。」

「原來如此。聽妳這麼一說，感覺真的是這樣。」

「啊，對了，我忘記說了！早安！」

我連忙道出因為驚嚇過度而遺忘的問候。差點就像鈴木同學那樣，表現出每個早上都忽略朧同學的問候的失態。聽到我突然無視原本話題，改口向他打招呼，朧同學儘管露出圓瞪雙眼的表情，仍以「嗯，早安」再次回應我。

宛如理所當然、極其正常的對答。我暗自再三回味這幾句話的分量。在學校時，絕不可能聽到朧同學對我說的這句「早安」，今天我可以獨享了。

「請進、請進。雖然我家依舊又髒又亂就是了。」

「謝謝。打擾囉～」

再次登陸我家的朧同學，頂著一頭即使是假日也梳理得很整齊的小瓜呆髮型，將脫下來的鞋擺好。

跟昨天相同的光景。跟昨天不同的身影。話說回來，這是我第一次看到既沒有穿制服也沒有扮女裝的朧同學。他身上的小碎花淺紫色襯衫，雖然是女用服裝，但穿在男孩子身上也不會過於突兀，是個各方面都遊走在界線邊緣的選擇。明明外頭炎熱到足以讓人睡得滿身大汗，但或許是在意曬黑的問題，朧同學仍穿著長袖。這很像他的作風。下半身的褲子，顏色宛如散發著香甜氣味的鬆餅，但因為長度有些不上不下，讓他白皙的小腿坦露在外。想到一定又是朧同學把褲頭拉得太高的緣故，我感覺自己原本僵硬的臉頰慢慢放鬆下來。

「你身上的襯衫好可愛喔，朧同學。」

「妳則是穿得像個運動少女呢，小春春。」

似曾相識的稱讚。既視感嗎？又或者我仍在作夢？逃避這個明顯擺在眼前的現實的我，現在也只能豁出去了。

「我帶了紅茶過來呢。可以讓我泡茶嗎？」

為了前往我房間而經過客廳時，朧同學停下腳步。他從口袋裡掏出一包似乎是茶葉的東西，以雙手捧給我看。一個繫上紅色緞帶的包裝物，像是嬌小的倉鼠那樣躺在他的白皙掌心裡。

包裝得很漂亮，卻被隨意塞進口袋裡的茶葉，我總覺得那彷彿象徵著朧同學。出門不帶包包，不管什麼東西都往口袋裡塞，感覺很像男孩子的作風；不過，即使明白馬上會被拆開，卻還是刻意把它包裝得很可愛，又很像女孩子會做的事。

屬於男孩子的特質，以及屬於女孩子的特質。愈是思考，我的腦中愈是一片混亂。雖然是男孩子，卻有著女孩子的靈魂。雖然是女孩子，卻有著男孩子的肉體。我總覺得，這兩者聽起來很相似，卻又大相逕庭到令人恐懼的程度。

當我還待在夢中世界時，朧同學是懷著什麼心情，為這個紅茶包繫上緞帶呢？現在，朧同學邊喃喃說著「你們家有茶壺嗎～」邊悠哉環顧室內。我無法從他的表情看出任何端倪。

「在那邊的餐櫥櫃裡面。」

「哇～造型好美喔，跟茶杯是一套的啊。」

「朧同學，你坐著吧，我來就好。」

「不要緊，我泡的紅茶很好喝呢。啊！我不是說妳泡的就不好喝喔，小春春，我的意思是……呃……」

或許是不知該如何接下去，朧同學「嘿嘿」笑了幾聲含糊帶過。既然都開口辯解了，我原本希望他能堅持說到最後，但因為這聲「嘿嘿」實在太可愛，所以我選擇不計較那麼多。

我打開快煮壺的開關，將茶壺擱在桌上。

「那飲料就交給你囉。我去找看看有什麼可以配茶的點心。」

「啊，等等，我也有帶點心過來呢。」

說著，朧同學喜孜孜地從另一邊口袋掏出比剛才的茶包體積更大一些的小布包。這個小布包繫著黃色緞帶。特地選用不同顏色的緞帶，還真是用心。正當我為此感到佩服的時候，朧同學有些得意地揚起下巴，用鼻子發出「哼哼」的聲音。見到跟昨天那個老實文靜的他幾乎判若兩人的朧同學，我不禁覺得自己或許真的還在夢境中。

「不知道味道好不好，不嫌棄的話，妳吃吃看吧。」

朧同學以纖長的手指解開緞帶後，一股足以刺激空空胃袋的甜美香氣跟著飄出。出現在我眼前的，是宛如從繪本世界蹦出來的五顏六色餅乾。這些餅乾有著會讓人湧現「難道是他自己做的？」這種疑問的樸素造型。花朵、小鳥、貓、狗、甚至還有心形的造型。那塊紅心造型的餅乾，總覺得讓人有些難以出手，於是，我選擇了有著可愛的圓圓鳥嘴的黃色小鳥餅乾。

「那麼，我馬上來試吃一塊囉。」

因為覺得把小鳥咬成兩半有點可憐，我直接一口將整塊餅乾放進嘴裡。餅乾在口中碎裂的瞬間，我最喜歡的砂糖滋味，隨即讓舌頭沉浸在喜悅中，唇瓣也因此跟著上揚。又香又甜，還有著若隱若現的淡淡鹹味，在入口之後隨即柔和地化開。我假裝沒有發現殘留在舌尖的食用色素化學味，朝一臉不安地等待我發表感想的朧同學重重點頭。

「好吃。甜甜的，又香又脆，超級好吃呢！」

「真的嗎？因為我不知道該放多少砂糖才好……能看到妳吃得這麼開心，真是太好了。」

「這些餅乾是你自己烤的嗎？」

「嗯，我烤的。因為，要是連續兩天都送你們市售的東西當禮物，總覺得有些過意不去。」

「怎麼會呢？你不需要在意這種事啊。而且，你不是討厭甜食嗎，朧同學？」

「我是不喜歡，但因為妳好像滿喜歡的樣子……」

朧同學垂下眼簾，以食指輕搔鼻頭。謝謝你特地為了我這麼做！能吃到朧同學自己烤的餅乾，我真的好開心——我無法坦率說出這些感想，卻也不知道該如何將內心高漲的情緒釋放出來。看著朧同學把鼻頭搔到發紅的程度，我幾乎沸騰到咕嘟咕嘟作響的大腦，此時湧現一個新的疑問。

朧同學不喜歡甜食，那麼，他喜歡什麼樣的食物呢？辣的？鹹的？酸的？苦的？腦袋一瞬間冷卻下來，我真的對朧同學一無所知呢。至今，在觀察他的時候，我到底都看了什麼？

朧同學將泡好的紅茶放在托盤上，捧著它在走廊上前進。他不發出半點聲響，平靜地捧著托盤走路的姿勢，果然還是很美。看著這樣的朧同學，我對他的好感又悄悄增加一些。我想要發掘更多、更多朧同學的優點，想趕快填滿自己的一無所知帶來的無力感。

打開房門的瞬間，我感受到身後的朧同學屏息的反應。托盤上的茶杯不斷發出喀噠喀噠的顫抖聲。我戰戰兢兢地轉過頭，發現朧同學的一雙眼睛瞪得老大。原本以為他是對連玻璃杯都懶得收拾的我感到無言，然而，讓他的眼睛睜到這麼大的原因，並不是那只用過的玻璃杯，而是被留在我房裡的化妝箱。

「對喔，昨天那個，你還沒看過裡頭嘛。既然來了，就打開看看吧？」

聽到我的提議，朧同學點頭如搗蒜，茶杯也持續發出喀嚏喀達聲表示贊同。朧同學今天不是來見我，而是來見那個化妝箱——此刻，他的雙眼閃閃發亮到足以令我這麼鬧彆扭的程度。

「不知道裡面放著什麼東西？」

「我之前看哥哥用過，裡面有各式各樣的工具喔。他就像變魔術那樣，接二連三取出不同的東西呢。」

「哦～我想看、我想看！」

放下托盤後，朧同學以重獲自由的雙手鼓掌幾下，然後在雲朵圖樣的坐墊上就坐。明明只在昨天坐過一次，他的動作卻自然到彷彿從以前開始，那裡就是他的專用位置。昨天他拘謹地跪坐著，今天卻像個女孩子那樣併攏雙腿側坐。

目睹這般缺乏真實感的光景，我沒有捏自己的臉頰，取而代之地以啜飲熱紅茶來確認。這感覺是一場小小的革命。要是朧同學今天沒有來我家，或是沒有帶茶葉過來，我絕對不會去喝溫熱的紅茶。我壓根兒沒想過要在夏天喝熱飲，不過，溫熱的紅茶滿溢著冰紅茶所沒有的甘醇香氣，嘗起來的滋味也有如夢境那般美好。

覺得自己的反應不太妙的我，轉而將手伸向餅乾。拿起餅乾咬了一口之後，我明白了——這果然是現實。倘若是夢中的世界，不可能出現外型這麼可愛，吃完後留在口中的味道卻如此震撼的餅乾。

朧同學開始以慎重的動作探索化妝箱內部，每接觸到一項內容物，便會一一做出「這是什麼呢？」「哇啊，好棒喔！」或是「這個顏色好美～」的不同反應。在這種時候，我會咬下一口餅乾，品味食用色素的化學滋味。

哥哥打開那個化妝箱時，各式各樣的道具從裡頭蹦出來，讓它看起來像個魔法箱，但現在它看上去只是個髒髒的箱子。心胸寬大的朧同學，對我從昨天放到現在的玻璃杯毫不在意。二手化妝道具上頭明顯的刮痕，以及我一味選擇心形餅乾的行為，他也完全不以為意。明白了他果然不是為我而登門拜訪之後，總覺得有點沮喪。從五顏六色的餅乾中掃去紅色個體的嘴唇，不禁跟著嘟起。

「……你研究得好忘我呢。」

「啊！抱歉，我從剛才就只顧著自己一個人玩……嗯，感覺真的會忘我呢。」

雖然回應得沒頭沒腦，但臉上仍浮現笑靨的朧同學，再次搔了搔鼻頭。他啜飲一口紅茶，然後閉上雙眼，以鼻子呼出一口氣。長長的這一口氣，感覺像是在努力驅趕忘我的情緒。為他消沉的模樣感到不捨的我，連忙收回剛才往朧同學頭上澆下的那盆冷水。

「既然都來了，不要只是拿起來把玩，實際用用看吧？」

「可……可以嗎？」

「嗯。就是為了讓你拿去用，哥哥才會把它送給你的啊。不要客氣，每一種都拿出來試用看看吧。」

「唔哇啊……那我就承蒙妳的好意……」

朝我靠近的纖長手指，輕易撫上我的臉頰。過於震驚的我，不禁發出「姆喔嗚！」的神祕吶喊。因為我以為朧同學會拿自己的臉來實驗，完全掉以輕心了。朧同學無視我困惑的反應，以另一隻手在化妝箱裡翻找。喂喂，你至少也選好用具再來碰我吧——只能在內心這麼抱怨的我，變得像派翠西亞小姐那樣，連眼睛都不眨一下。

撫在我臉上的手指，冰冷到難以想像前一刻還捧著溫熱的茶杯。又或者是我的臉頰太熱呢？光是思考這件事，就讓我感覺到朧同學的手指和我的臉頰之間的溫度差，似乎又逐漸擴大了。對我的心情渾然不覺的朧同學，將箱子裡的化妝用毛刷一枝枝拿起，細細打量。只用一隻手挑選工具明明很不方便，他卻不肯移開停留在我臉頰上的那隻手。

正如朧同學今天突如其來的拜訪，我們似乎無法好好和彼此溝通。或許，看起來很纖細的他，其實有著我行我素的個性。我好想早些被他的步調感染，這麼一來，我的心臟就不用持續重複一下萎縮、一下膨脹的迴圈，也能讓我的壽命延長不少。

最後，朧同學相中裝著淡綠色粉末的小粉盒，以一隻手靈巧地打開它。將褐色的筆刷沾上色彩繽紛的粉末後，朧同學抬起原本落在手邊的視線。筆直望向我的那雙眼睛極為認真，朧同學本人也散發出一種莫名嚴肅的氛圍。就連在考試的時候，我都不曾見過他這麼專注的神情。這一刻，他眼中看到的，想必只有自己的下筆目標，亦即我浮腫的眼皮吧。明明很清楚這一點，我卻無法從「我跟朧同學深情款款地凝視彼此」這樣的錯覺中脫身。

「那我稍微塗塗看喔。」

話還沒說完，他手中的筆刷便觸及我的眼皮。感覺像是被筆直豎起來的狗耳朵碰到，有點癢癢的。雖然這種情況下，閉上眼應該會比較方便化妝，但在跟朧同學這麼靠近的狀態下閉上眼，只會讓我更無法保持平常心。話雖如此，要繼續這樣凝視他，對我的心臟也是一大負擔。

儘管我在內心忙得暈頭轉向，朧同學卻自顧自地陸續掏出新的粉盒，用刷子在我的臉上各處揮灑。不知道我的臉現在是什麼顏色呢？

或許是熱衷到忘我的地步，朧同學的臉愈來愈靠近，他的兩隻眼睛也因為太貼近我而顯得模糊，然後重疊在一起。感覺彷彿已經看夠一輩子的份，甚至因此覺得有些可惜的我，維持著完全無法眨眼的狀態，並再次深深體會到一個事實——看來，我果然還是很喜歡這個人呢。雖然只是重新確認這個自己再清楚不過的事實，眼淚卻毫無意義地湧出。

「抱歉，是粉末跑到眼睛裡了嗎？妳還好嗎？」

朧同學的手離開我的臉。在極近距離下，那個帶有紅茶香氣的嗓音鑽進我的鼓膜內側，在整個身體裡來回穿梭。

「沒事！我完全沒事！」

將朧同學呼出來的空氣全都吸進體內後，再開口說出來的這句話，有著連自己都覺得難為情的高八度嗓音。朧同學微笑著表示「那就好」，再次撫上我的臉。他的手指已經不像剛才那麼冰冷，但也並不溫熱。

朧同學白皙纖長的手指，能夠寫出小巧連綿的字跡、照順序一步步沖泡紅茶、烤出造型可愛的餅乾。我圓滾滾又總是紅冬冬的臉頰，就算沒在吃東西，也經常被黏子詢問「妳在吃什麼」，不過要是認真起來，一口氣塞三個日式小饅頭也不是問題。在相互融合的這一刻，兩者共享了相同溫度——一想到這裡，我的鼻血幾乎要取代淚水湧出。

「好，完成咧。」

在鼻血噴出來之前，朧同學的手便離開我的臉頰，原本靠近的臉也跟著退開。理應已經擁有同樣的溫度了，但不知為何，我的臉頰有種很冰涼的感覺。我突然覺得好落寞。幸福的感覺總是消散得很快，且不會留下一絲餘韻。

朧同學捧起被擱在一旁許久的茶杯，朝杯中看了一下，再鼓起腮幫子朝裡頭的紅茶吹氣。我也被他影響而捧起茶杯，大口灌下已經冷掉的紅茶。但朧同學仍只是一小口、一小口地啜飲著。

十分有氣質地小口喝著已經涼掉的紅茶的朧同學，說出了「完成咧」這三個字。他平靜的鼻音，一點都不適合那種硬是擠出男子氣概的語氣。只是，如果放棄逞強、忽略自身性別，朧同學又該用什麼樣的方式說話？我試著思考，但仍無法順利想像出來。這樣的事實，讓我心慌不已。

五 壞心眼的朧同學

每次在學校裡目擊到朧同學的身影，我總會大為感動。看到他踏進教室，我每天早上都會不厭其煩地在內心吶喊：「唔喔喔，出現了！」如果是他先抵達教室，我的吶喊則會換成：「唔喔喔喔，他在耶！」他的身影永遠不會讓我看膩。不僅如此，內心的感動還會接連不斷地延續下去。

不過，今天的我，能夠以平靜的心情看待他的出現了。發現窗戶上出現朧同學的倒影後，我腦中只是想著「來了來了」，並沒有大聲吶喊。或許是因為那兩天的洗禮，讓我對朧同學產生了抗體吧。

為此心情大好的我將腦袋旋轉一百八十度。出現在眼前的，是比窗戶上的倒影更加鮮明的朧同學。或許是在炎熱的天氣下匆匆趕到學校的緣故，他的臉頰有些潮紅。

「早安。」

對著那張只看倒影不會發現潮紅的早晨面孔打招呼後，朧同學吃驚地瞪大眼睛。

就連他這樣的表情，也能夠深深打動我的心。在我的嘴角兀自上揚時，眼睛恢復正常大小的朧同學，卻只是以「啊……嗯」的囁嚅回應我，沒再多說半個字。接著，他將視線從我身上移開，速速在自己的座位上就坐，然後一動也不動地筆直望向前方。

我慢了半拍才發出「嗯喔喔喔喔！」的叫聲。當然，是在心底大叫而已。我無法理解現在是什麼情況。剛才那明明只是極其普通、不會過度裝熟、但也不會太相敬如賓的晨間問候而已啊，這是怎麼一回事？態度一百八十度轉變的朧同學，簡直像是在報導訃聞後，隨即又以興奮語氣轉而報導藝人緋聞的綜藝新聞。我們前天的那些對話，難道都被洗掉了？對我而言，別說是被洗掉，那段記憶甚至完全沒有褪色，我也因此感到困擾呢。

我再次一百八十度旋轉腦袋，望向窗戶，以托著臉的手輕撫自己的臉頰。觸感跟平常不太一樣。每當我滑動指腹，就會感受到細微的乾燥摩擦聲。我的臉今天膚況很不好，因為拚命用肥皂搓洗臉上卸不掉的妝容，導致肌膚變得粗糙。所以，前天那件事並不是我在作夢。

既然這樣，又是為什麼呢？我這麼自問，但放棄深入思考。因為，我跟朧同學約好了，不把他的事告訴任何人。就算被我得知自己的祕密，朧同學也沒有什麼好警戒的。看來，他果然秉持著「不讓前夜的關係延伸到今日」這種處世之道。不只是今天早上，就連在街上巧遇後的隔天早上也一樣。沒錯……沒錯。我不停眨著有些模糊的雙眼，以此贊同自己的推斷，將湧上心頭的不安硬是壓下去。

「早安，小鈴。」

帶著鼻音的那個獨一無二的嗓音從一旁傳來。只用曖昧方式敷衍我的問候的朧同學，帶著笑容迎接踏進教室裡的友人。在這樣的日子，鈴木同學偏偏罕見地以精神百倍的「早～安！」回應他。被迫目睹這段確實成立的晨間交流，我再次以指腹確認臉部肌膚的水分。讓人起雞皮疙瘩的沙沙摩擦聲，聽起來彷彿是體內某種東西碎裂剝落的聲音。

「早安，鮎子。」

「小春，妳怎麼一大早就這種臉啊？」

一臉淡漠地踏進教室裡的鮎子，看到我之後，露出像是突然回想起今天的炎熱天氣的表情。我還以為她指的是我乾燥的臉部肌膚，但似乎不是。我原本懷著和隔壁座位對抗的心情，打算以爽朗態度迎接鮎子，不過大概沒有表現得很好吧。以為自己的表情並沒有很糟糕的我，再次體會到方才受到的打擊其實不小的事實。如果對象是鮎子，就算打招呼被忽略，我也完全不會放在心上。這麼微不足道的事情，為何會讓我如此絕望呢？

「我知道了。妳八成是忘記帶之前發的進路調查的東西吧？所以才會擺出這麼頹喪的臉。」

在我回答前，隔壁便傳來「嗚哇～慘啦，我才寫到一半而已。你寫好了嗎？」這種令人煩躁的發言。以相同話題向朧同學攀談的鈴木同學，或許是領悟到沒辦法拿別人的調查表來照抄的事實，開始以雙手胡亂搔自己那顆頭髮剃得短短的光頭。我死盯著那顆被不停搔抓的腦袋。此刻，即使只是窗戶上的倒影，我也無法望向朧同學的臉。

「我沒有忘記啊，確實帶來了。」

我佯裝成對隔壁座位的動靜不感興趣的模樣，把鮎子所說進路調查的東西攤開在桌上給她看。正式名稱是進路志願調查表。

「真的假的，全白？妳在得意什麼啦？這樣就算記得帶來，也沒有意義好嗎？」

「人家不想寫嘛。要選擇念文組或理組，或是將來想報考的志願學校也就算了，我不想連將來的夢想都寫給老師看啊。」

或許是剛才受到的打擊，扭曲了我的心吧，我忍不住以鬧彆扭的語氣這麼回應。跟這樣的我說話，也只會讓人心情變差而已——儘管我有這種自覺，鮎子卻只是露出意味深遠的一笑，上排門牙跟著從唇瓣之間亮相。

「哦～這樣啊～所以，妳的夢想是羞恥到不能對別人公開的事情囉～」

為了反駁而張開嘴的我，隨即又將其閉上。因為被鮎子一語道破，我說不出半句反擊的話。老實說，我其實很憧憬當個家庭主婦。邊想著心愛的丈夫與家人，邊努力做家事，就這樣度過溫暖的每一天，是我打從年幼時期至今最真摯的夢想。可是，「我將來的夢想是當新娘子！」這種連現在的幼稚園小孩都不會說的話，身為高中生的我，不可能說得出口。

「那妳又怎麼樣呢，鮎子？妳寫了什麼不會讓人覺得羞恥的夢想嗎？」

把笑容跟門牙一起收回的鮎子，意外坦率地點頭，並把自己的調查表遞到我眼前。鮎子熟悉的洋洋灑灑的文字，伴隨一聲粗魯的「拿去」而映入我的眼簾，但看到內容後，我錯愕地說不出話。

「想從事的職業　造型師」。

那自信滿滿到幾乎要從回答欄中溢出來的文字，以及她寫下的這句話所代表的意思，都讓我吃驚不已。

「到時候，就請妳哥哥收我為徒囉。」

「不行不行不行！那種愛玩弄女人的傢伙絕對不行！妳馬上會被他吃乾抹淨。」

在我停下為了否定而左右搖頭的動作前，察覺到鮎子的表情變得陰鬱。她或許是真心仰慕著哥哥。鮎子的眉毛很罕見地微微下垂。我突然覺得開口閉口都是夢想的自己很讓人難為情。我的「新娘子」確實是夢想，但鮎子的「造型師」則是確實存在於不遠將來的目標。如果是鮎子，一定能成為比哥哥更有藝術美感的造型師吧。我不禁在腦中描繪出友人不遠的將來。

「嗳，朧，你寫了什麼？我都沒聽你說過這類事情耶。」

從隔壁座位傳來的鈴木同學嗓音，讓我腦中那個以派翠西亞小姐當練習台的鮎子身影瞬間消散。取而代之的，我試著想像將來的朧同學。儘管是讓人雀躍的想像，朧同學的身影卻蒙上一層霧氣，怎麼也看不清楚。

「這個我也有興趣呢。」

鮎子探出上半身，沒有半點猶豫地加入隔壁座位的對話。我被她大膽的行動嚇了一跳，不自覺地跟著轉過頭，結果隨即和朧同學對上視線。在我湧現「糟了」的想法之前，朧同學的目光便轉移到鮎子身上。我乘著這股被他排除在視野之外的力道，將臉轉回去面對窗戶，像是尋求救命稻草般，回想前天朧同學的身影。回想他對著我笑的那個溫暖表情。

「看到大家這麼好奇，反而會讓我想保密耶～」

朧同學以帶著笑意的柔和嗓音，接受了突然加入對話的鮎子。對喔，我記得他們倆家住得很近，所以從念小學的時候就認識彼此了嘛。跟我不同，不是那種過了一晚便會蒸發、虛有其表的關係。

「哪有大家啊，好奇的只有兩個……應該說，只有我們這些人好奇而已。」

從窗上的倒影，我看到鮎子在話說到一半時，不經意地朝我的方向瞥了一眼。儘管被她這樣顧慮，我的脖子仍舊僵著沒動。察覺到愛管閒事的友人有可能補上一句「妳也很好奇吧，小春？」的我，索性趴倒在桌上閉上眼睛。因為阻斷了視覺情報，教室裡的喧囂聲聽起來格外清晰。

「幹嘛啦，有什麼好賣關子的啊？朧。是說比起你，我最在意的其實是及川啦。不知道她的目標會是什麼？她的未來絕對有無限的可能性。川島，妳去問她一下吧。」

「為什麼要我去？你自己去問不就好了？及川同學現在就坐在座位上啊。」

「我也很好奇。普通的女孩子，感覺都會有閃亮亮的未來呢。」

「啥？及川哪裡普通啦。她是超級可愛的女孩子好嗎？所謂的普通，是像川島這種程度的才對吧。」

「啊啊？我哪裡普通啦，是超級美女川島好嗎？」

「暴牙女還敢說這種話啊，太了不起了吧，我都要笑出來了。」

「小、小鈴！不可以啦，你怎麼能說這種話呢。」

「什麼叫『不可以』？這種說法反而更傷人耶，真讓人不爽。」

「小鈴，你害我讓川島同學不爽了啦。噯，你要怎麼補償我？」

「補償個頭啦。誰管你啊。」

接連傳來的三個不同嗓音，在我一片黑暗的腦中不停打轉。感覺頭好昏。從隔壁傳來的，明明是早已熟悉的嗓音，現在聽來卻有如陌生人的對話。

即使閉上眼阻斷視覺情報，最後看到的那張臉，仍烙印在我的眼皮內側。在四目相接的瞬間，滿面的笑容隨即從朧同學臉上褪去。我目睹到因嘴角上揚而變得豐潤的臉頰垮掉的那個瞬間，令人無比寂寞的一瞬間。

看來，我不得不承認了，在學校的朧同學，很明顯將我拒絕在外。

將染上鮮紅色的小零嘴放進口中，咀嚼了兩三下後，朧同學將雙唇張成「呵」的形狀，整張臉僵住。微微泛淚的一雙眼睛，直直盯著零食外袋上那個辣椒造型的吉祥物。除了不喜歡甜食以外，他似乎也對辛辣食物沒轍。

看不下去的我，將整盒面紙遞給朧同學。他看似說了什麼道謝的字眼，但因為嘴巴拱成「呵」的形狀，所以我聽不懂他說的話。將面紙對折成小片後，朧同學用它擦拭的不是眼角，而是手指。因為泛淚而閃閃發光的雙眸，將視線從那個露出獵奇笑容的辣椒吉祥物轉移到我身上。

在完全沒有事先約定好的情況下再次造訪我家的朧同學，跟幾十分鐘前出現在教室裡的那個他，簡直是不同人物。沒有多餘時間換衣服的我們，身上都還穿著制服，座位也只是從旁邊移到面前。半徑一公尺這種微妙的距離感，絲毫沒有改變，儘管如此，他看起來卻像另一個人。

在狹窄的房裡兩人獨處，感覺會有些尷尬，因此，我今天選擇在客廳品嘗朧同學帶來的紅茶，但到頭來，氣氛還是很沉重。在教室裡萌芽的疙瘩，連溫潤的紅茶也無法將其融化。疙瘩的來源，正是對我的感受一無所知、在眼前露出溫和笑容的這個人。光是看到他對我流露這樣的表情，我那顆沒出息的心臟，便會馬上方寸大亂。

「妳家有好多食物呢，小春春。」

朧同學以帶著幾分敬意的眼神，審視點心堆得像小山的客廳一角。不過，他馬上又將視線拉回我身上。體會過被他移開眼神那種空虛感的我，只能盡情觀賞眼前這對濕潤的眸子。我沒有望向零食小山，只是配合朧同學的頻率眨眼，然後點點頭。

「我家的人都會各自買零食回來，所以零食總是堆得像小山一樣呢，而且馬上就會搞不清楚哪包是誰買的。」

「所以你們才會在上頭寫名字啊。」

「對對對。不這麼做的話，自己的零食就會被別人吃掉嘛。相反的，如果看到別人買了自己想吃的零食，只要搶先一步寫上自己的名字，就能輕鬆將它占為己有。」

「啊，這包上面也寫著妳的名字呢。」

拿起一包零食這麼說的朧同學，看著以平假名大大寫上的「小春」，眼角不禁緩緩下垂。雖然寫著我的名字，但這包零食不是我買的，是強占而來的戰利品。我並不是個特別貪吃的人，只是因為想讓不喜歡甜食的朧同學品嘗看看，才選擇讓這雙手沾染邪惡。為了朧同學某天的再次造訪，我昨天才在這包零食上署名，沒想到這個占為己有的行為，竟然這麼快就派上用場。

「在零食外包裝寫上自己的名字，感覺好像要去遠足的小學生，很可愛呢。是說我從之前就覺得『小春』這個名字很可愛耶。」

「之前」是什麼時候啊？是從多久以前開始覺得這個名字可愛呢？難道，在像這樣自在交談之前，朧同學便有些在意我嗎？所以，他才會親暱地稱呼我「小春春」？儘管如此，為什麼在學校裡，我就連跟他打招呼都不行呢？

「所以，你才會用名字叫我嗎？」

儘管試著把不斷膨脹的疙瘩碎片扔向朧同學，他卻只是發出「唔唔～」這種缺乏活力的呻吟，沒有繼續往下說。緩緩品嘗過紅茶，一動也不動地以手托腮的朧同學，感覺是在思考除了我以外的某個人。我開始覺得，只有我過度使用心臟、讓它加速狂跳，簡直是愚蠢至極的一件事。

我從占為己有的那包零食中，一口氣掏出三塊點心丟進嘴裡。什麼啊，明明就沒多辣——在我掉以輕心的時候，一陣足以將鼻子扭下來的衝擊襲來。我終於明白朧同學不伸手拿第二塊的原因了。我將嘴巴張成「呵」的形狀等待回應，然而，即使鼻子已經沒有麻麻的感覺，朧同學看起來仍沒有要回答我的意思。舌頭因劇烈辣度而刺痛不已的我，最後放棄了等待。

「我覺得你的也很不錯啊～」

「嗯？我的什麼？」

「就是……你的名字啊。我覺得很美呢。比起『小春』，我覺得你的名字更美，朧同學。」

「沒這回事，我其實更想要像小鈴那樣威風凜凜的名字。」

遲遲沒有移開而讓我感到困擾的視線，這時突然轉移了。朧同學垂下頭，像是在凝視桌上那個表情讓人恨得牙癢癢的辣椒吉祥物圖案。

「這麼說來，我還不知道鈴木同學叫什麼名字。」

「虎之助。」

「啊，總覺得好像可以理解。鈴木同學的長相確實給人『虎之助！』的感覺。但這種名字不適合你啦。朧同學的名字……果然還是『椿』比較好。」

第一次念出來的「椿（Tsubaki）」這三個音節，感覺很響亮動聽。然而，跟抬起頭的朧同學對上視線時，餘韻卻滲出一絲苦澀。

「我不喜歡呢，感覺像女孩子。」

「為什麼？這不是很好嗎，很像你啊。」

面對我這句沒有半點惡意的發言，朧同學以惆悵的嗓音輕輕回應「所以我才討厭啊」，而後便不再開口。身體裡明明住著女孩子的靈魂，卻討厭和女孩子相似的特質，我實在不明白朧同學的想法。

我獨占著毫不掩飾鬱悶心情的朧同學擺出來的臭臉，心中湧現一股無法按捺的神祕優越感。因為我的一句話，朧同學的表情出現截然不同的變化。過去我都只能看著他在窗上的倒影而已，現在卻和他建立起關係。

「討厭啦，妳在偷笑什麼啊，小春春？」

「因為你露出很奇怪的表情嘛。」

「我也不是今天才開始奇怪的啊。可是，妳果然很可愛呢，小春春。我覺得妳是班上特別可愛的女子喔。或許是因為這樣，我才會直接用名字叫妳吧～」

抬起頭來的時候，朧同學已經收起方才的奇怪表情。他以鼻音輕聲說出來的那些話，我的大腦一時之間沒能馬上吸收。我配合眼前緩緩眨呀眨的那雙眼睛，在內心逐字逐句複誦停留在耳中的話語。

一如先前的辣椒辛辣滋味，我慢了半拍才感受到這股震撼。在複誦到最後一個字之前，我的大腦就幾乎快要漲破了。我不禁以雙手抱頭，這個舉動讓朧同學不解地歪過頭。

「所以，正確答案是？」

「咦……什麼正確答案？」

「剛才那個『所以，你才會用名字叫我嗎？』的問題，用這個答案回答妳可以嗎？」

「不……不行！當然不行啦！你怎麼突然說這種話啊。」

「大概是因為我想看到妳這種慌張的表情吧～」

歪過頭的朧同學，像要強忍住笑意嘟起嘴，臉上浮現明顯的笑靨。

我第一次發現，原來朧同學還挺壞心眼的。然而，他的嗓音和表情都透露某種親暱的氛圍，讓我完全無法回嘴，也無法繼續盯著他的臉。

我維持雙手抱頭的姿勢垂下頭，用來取代舉白旗投降的意思，結果，我聽到小小的連續吐氣聲傳來。即使不抬起頭，我也能明白朧同學一定正在努力忍著別發出笑聲吧。他輕輕搖晃細瘦的肩膀，以手掩嘴而笑。

心中的優越感高漲到讓我得意得不得了。怎麼辦呢？此刻，我無庸置疑地和朧同學建立起關係了。

六　該怎麼做呢朧同學

粉筆敲打黑板的聲響以及抄寫筆記的沙沙聲蔓延的教室，是被乏味無趣籠罩的睡魔大本營。抬頭望向黑板，會讓人想打呵欠；但將視線往下移到筆記本上，眼皮又會跟著一起往下。無法像鮎子那樣不發出一點鼾聲熟睡的我，視線仍眷戀地停留在玻璃窗上。

今天的陽光很刺眼，所以玻璃窗從一大早就無法發揮作用。反彈了夏日豔陽的玻璃窗，無法映照出朧同學的身影。一整天的樂趣被剝奪的我，腦中浮現朧同學昨天的身影。

然而，記憶中的朧同學總是有點不真實。回想的時候，我雖然會因陶醉而恍惚，但馬上會湧現宛如作了一場白日夢的空虛感。昨天看到的朧同學，跟今天坐在我旁邊的朧同學，無法想像他們是同一個人。至少，在教室裡的朧同學，不會為了別人一句微不足道的話而表現出不滿，也不會說些壞心眼的話，然後突然一個人笑起來。就算對象是鈴木同學也一樣。

在學校裡的時候，朧同學之所以會避著我，或許正是因為這樣的原因。我只是跟放學後的朧同學變得要好而已，跟學校裡的朧同學並不熟。所以，在學校時表現出跟他熟稔的態度是錯誤的行為。試著這麼強辯後，我莫名接受了這樣的推論。之前緊緊黏在心上的那些疙瘩，現在感覺少了一些。

然而，我同時感到不安。這樣的話，學校裡的朧同學算什麼？放學後的朧同學又算什麼？兩個朧同學我都一樣喜歡，可是，究竟哪一個才是真正的朧同學？

開始思考這個問題後，我變得有點害怕。本來的「他」應該是「她」，所以，無論是學校裡的朧同學，或是放學後的朧同學，或許都不是真正的他。就算定睛凝視玻璃窗，也不可能看出答案。我唯一明白的，只有逐漸消失的疙瘩搖身一變，成了風雨欲來的一股不安。

我突然覺得很憤怒。無論是過於強烈的陽光、寫在黑板上的文字、眼前那些形形色色的後腦杓、正在說明什麼的老師嗓音、向老師提問的學生嗓音，總之，這一切都讓我很憤怒。

對於只想將精神集中在朧同學身上的我來說，大家全都是礙事的存在。

以食物填飽肚子後，我的怒氣逐漸平息下來。

一個巧克力豆菠蘿麵包就能擺平的憤怒，剛才竟讓我怒不可抑，我開始覺得第四節課的自己好丟臉。我一面啃著第二個麵包，一面渴望自己能談一場更清新的戀愛。我以舌尖品嘗軟綿綿的草莓牛奶蒸麵包，思考這應該才是真正的愛情滋味吧。柔軟、細緻卻又Q彈，光是口感就足以讓人展露笑容，而草莓的酸甜及牛奶的醇厚，又讓這塊麵包往上加分。粉紅色和乳白色在柔軟的麵包內部交織而成的大理石紋路，看起來十分吸睛。而且，世上不存在第二個一模一樣的麵包這一點也相當吸引人。柔和、甜美、可愛又特別的草莓牛奶蒸麵包，是我理想中的戀情模樣。

然而，我實際上正在談的戀愛，一定是像那種吧——我的目光聚集在鮎子桌上的一塊褐色麵包上。外型扭曲的這塊咖哩麵包，因為裹了一層麵包粉，表面看起來粗糙不已，裡頭還塞著滿滿的塊狀物。躲在內部的濃稠餡料，一旦找到出口，就會蜂擁而出，毫不留情地染黃所經之處。

「就算妳這樣死盯著看，我也不會給妳吃喔。」

察覺到我的視線後，鮎子伸出手掌捍衛她的咖哩麵包。

「我沒有在打它的主意啦。咖哩麵包又辣又油，我才不喜歡呢。」

「啊，是嗎？我覺得沾滿砂糖的甜滋滋麵包，才令人無法想像呢。」

「甜麵包很好吃耶。」

鮎子再次以「啊，是嗎？」簡短回答我後，便喀哩喀哩地啃咬起看來就很硬的明太子法國麵包。自豪的堅硬門牙登場，這就是鮎子大人的真功夫！像這樣，吃東西的方式會自然表露出一個人的人格，所以很有趣。被鮎子影響的我，忍不住也狠狠咬下蒸麵包，然後悄悄將視線移向終於開始發揮作用的玻璃窗上。

「不管什麼時候吃，漢堡排永遠這麼美味，到底是為什麼啊？要打分數的話，我絕對會給它七顆星。」

無視自己說要打分數的前言，以大量星星評定漢堡排的鈴木同學，滿足地點著頭。他的太陽穴也因為咀嚼的動作不停抽動。除了豐盛的配菜以外，可以看出灌注了大量愛情的巨大便當，應該是他母親親手做的吧。而毫不猶豫地大力稱讚這個便當的鈴木同學，天真爛漫的模樣讓我湧現笑意。暫停讚嘆漢堡排的發言後，鈴木同學轉而大口扒飯。

「漢堡排果然就是要配白飯才對。在我看來啊，把它夾在漢堡裡，簡直是邪魔歪道的做法！邪魔歪道。」

從便當盒抬起頭來的鈴木同學，很沒有規矩地將筷子咬在嘴裡這麼說。真是的，一下子拚命吃，一下子拚命講話，他也太忙了吧。相較之下，用餐中的朧同學不太說話，邊以簡短的回應和鈴木同學應對，邊默默咀嚼手中的貝果。他捧著貝果的樣子，簡直跟捧著橡實的松鼠一模一樣。有時，他會拿起一旁的利樂包豆漿啜飲。那款豆漿用的好像是非基改大豆。

「是說你的午餐，營養也太不均衡了吧？」

「會嗎？」

「不多吃一點的話，可不會受女孩子歡迎喔。」

「就算多吃一點，我也不會受歡迎啦。」

「別放棄啦！來，我的配菜分給你，不用客氣，儘管吃、儘管吃。有青花菜、紅蘿蔔，還有小番茄喔。」

「咦，你現在不是敢吃番茄了嗎？」

「說什麼傻話啊？不管是青花菜還是紅蘿蔔，我都照樣能吃啦。」

「那你就自己吃掉吧。」

「等等等等等等，至少幫我解決掉青花菜吧！拜託，幫我吃！我很擔心你的身體健康啊！」

只吃貝果配豆漿，你是在減肥的粉領族嗎——朧同學的午餐，營養不足到就連我都想這樣狠狠吐嘈。跟擺在一旁的巨大便當盒相比，差距就更明顯了。

朧同學跟鈴木同學的體格差異，就是源自於這種地方嗎？我恍然大悟地轉頭望向自己和鮎子的桌面，然後不解地歪頭。擺在我們兩人桌上的麵包，無論數量或大小都很相近，差別只在於口味是鹹是甜而已，但為什麼鮎子這麼苗條呢？這算是學校的七大不可思議了吧。

在我將注意力聚集在朧同學身上時，鮎子吞下了咖哩麵包，接著將手伸向豬排三明治。我也開始大啖夾著烤棉花糖的脆片土司。但同時，我發現自己的左手還捧著剛才的蒸麵包。我以指尖確認觸感，發現它仍是軟綿綿的。

「噯，鮎子，妳沒有喜歡的人嗎？」

話還沒說完，我就被瞪了。鮎子停下大口咀嚼的動作，將吃到一半的豬排三明治粗魯地扔到桌上。

「不要連妳都聊這種話題好嗎?小春。想聊這個的話，請到那邊去吧~」

鮎子以門牙代替下顎向我示意的方向，有一群不斷嬌聲吶喊的女孩子。比起吃午餐，她們似乎更熱衷於聊天。朝這樣的女孩子集團瞥了一眼後，鮎子以鼻子輕哼一聲。

「每個人開口閉口都是戀愛，聽得我都要消化不良了。」

似乎還沒說夠的鮎子，打算對只是沉默啃著脆片土司的我進攻。在她刻意重重嘆了一口氣之後，不巧的是，教室裡的嬌聲尖叫正好在這一瞬間迸開來。看著以食指堵住耳朵、眉頭皺得更緊的鮎子，我頓時喪失啃食脆片土司的力氣，轉而以嘴唇玩弄裡頭的棉花糖。

對我來說，那些只是不值一提的小小雜訊。因為，鮎子帶刺的發言，確實刺進腦中滿是戀愛情事並為此所苦的我耳中。

「鮎子，妳感覺是那種平常對戀愛不屑一顧，但私底下其實會跟年長男性交往的類型呢。妳總是這樣，避而不談自己的事，然後站在高處睥睨他人。不這麼做的話，妳大概會全身不對勁吧。」

「唉～肚子餓了，我沒吃飽呢。」

鮎子以一雙脫力的死魚眼，接下我承載著滿滿惡意的發言，還附加一個誇張的打呵欠動作。為此，她的眼球浮現一層泛著光芒的水膜。我腦中湧現想把剛才那句話吸回肚子裡，並馬上對鮎子下跪道歉的念頭。這樣只是單純的遷怒行為而已，我真是個醜陋的咖哩麵包。

「這個給妳。對不起，我只有甜的。」

我鄭重地向鮎子低頭，以此取代下跪道歉的動作，然後把加了大量糖漿的皇家楓糖瑪芬遞給她。這是我為了當成甜點而保留到現在，不斷散發出甜美香氣的私藏麵包。鮎子皺起鼻子確認味道後，謹慎地以門牙咬下一口瑪芬。

「嗚哇，比想像中的還要甜膩呢。」

「嗯，畢竟是皇家等級嘛。抱歉。」

「而且柔軟到嚇死人的程度。」

「這樣感覺沒辦法填飽肚子呢。對不起喔。」

「小春，妳也不要一直用兩手拿著麵包，快吃吧。」

「嗯，我會吃。對不起喔。」

「好好，我知道了啦。」

勉強將瑪芬塞進口中這麼說的鮎子，發音聽起來很模糊，但我確實明白她知道了什麼。我也不服輸地將兩手的蒸麵包和脆片土司塞進嘴裡，然後說了一句「謝謝」。看著鼓起雙頰、散發著楓糖香氣的鮎子笑容，我愈來愈厭惡自己的粗神經。

朧同學在一旁安靜地咀嚼著。不知何時，他的午餐成了有三種蔬菜點綴、看起來醜醜的沙拉貝果。朧同學不喜歡甜食。從好一陣子之前，我就知道他午餐總是只吃中間挖了一個洞、造型很簡單樸實的麵包。因為想模仿他，我試著買了同樣的東西，然後發現貝果雖然外型跟甜甜圈相似，吃起來卻完全沒有甜味，比吃到沒填滿鮮奶油的巧克力螺旋麵包的尖端更讓人失望。

儘管如此，我卻沒能馬上發現朧同學不喜歡甜食一事。就算知道他身上有大海的香氣，我也不知道香氣的真面目原來是防曬乳。就算知道他有著其他男孩所沒有的魅力，我卻無法抵達真相所在之處。

即使明白了一切，到頭來，我仍舊什麼都做不到。明明是如此喜歡他，我卻不知道該怎麼做才能幫上朧同學的忙。我找不到任何一種方法。

「不嫌棄的話，這個也請妳吃吧。」

我一面為了自己買的淨是甜麵包一事後悔，一面把手邊最後一塊蒙布朗丹麥麵包推到鮎子桌上。鮎子已迅速嚥下口中的瑪芬，正緩緩啜飲罐裝咖啡，我無法判斷她到底還餓不餓，然而，我就是無法不做點什麼。

「哎呀，情竇初開的小春同學，難道妳想減肥？」

「不是喔，這是把鮎子養得肥滋滋，好讓妳跟年長男朋友分手的作戰。」

「我的體質不管怎麼吃都吃不胖呢。這點妳也知道吧？」

「好詐喔，真不公平。」

「吃了也不會長肉的我，收下這個麵包也只是浪費食物而已，所以妳就自己吃掉吧。來，啊～」

說著，鮎子硬是撕下一塊丹麥麵包塞向我嘴巴。要是抵抗，可能只會沾得滿嘴栗子奶油，所以我老實地張嘴接受了。食欲明明已不知消散到何處去，我的下巴卻仍反射性地動作。即使在這種時候，口感香酥的丹麥麵包，依然帶著濃郁的甜度在舌尖化開。

我張嘴等著被鮎子餵下一口，感覺有如被圈養的動物。我再次暗暗立下「想保有宛如草莓牛奶麵包那樣的戀愛心情」的誓言。

放學回家的路上，我很難得地獨自繞路去了其他地方。因為求知若渴而踏入書店——我不知道有幾年沒做過這種事了。想著說不定能發現什麼線索，我的心情略微亢奮起來。然而，真正渴望了解的東西，無法這麼簡單就找到，也無法輕而易舉了解。不可能明白。

找遍店內每個角落後，我終於發現想找的那個書架。站在書架前，我變得無法動彈。儘管相關書籍分成許多不同的探討主題，我卻無法取下任何一本，只有拎著書包的手無謂地使力。

《LGBT》。

《Transgender——跨性別者》。

《性別認同障礙》。

我的視線從這些文字表面滑過。儘管邊眨眼邊慎重地閱讀每一個字，我仍無法控制這樣的動作。原因不在於反射店內白色燈光的光滑封面。只是，不管定睛審視多少次，這些字眼仍顯得陌生不已。英文、片假名外來語、日文漢字（註2），這就是我對這三個詞彙的定義，不多也不少。無論重新看幾次，結果都沒有改變。

我甚至無法伸手觸摸這些書籍，決定改買其他東西。還是有打扮時髦、笑容滿面的女孩子當封面的雜誌比較好，就像哥哥任職的髮廊裡免費提供客人閱讀的那種。如果裡頭有更多不同種類的女孩子，那就更好了。

女性雜誌的陳列處擠滿了人，人的味道和新書的味道混雜在一起。其中，有人以活潑的嗓音笑著說了一句「被紙割到手超痛的呢」。

不知為何，我有點想哭。空調運轉的噪音感覺異常惱人。這裡的空氣很乾燥，喉嚨好痛，呼吸也變得困難。好想趕快見到朧同學。

朧同學泡的紅茶格外美味。就算用的是同一款茶葉，我們兩人泡出來的紅茶滋味

註2：原文對三個書名的表示方式。

卻截然不同。就像會出現在學校營養午餐裡那種只有半顆，外皮被剝掉那面還顯得乾巴巴的橘子，跟外出旅行時，在火車裡吃到的冷凍橘子之間的差異。無論是滋味或感動都完全不一樣。

朧同學沖泡的紅茶之所以會美味，不完全是因為他總會依照正確步驟沖泡。是因為他會細心又用心地沖泡，才能創造出滲透至五臟六腑的滋味。一面想著朧同學捧起茶壺時的專業表情一面喝下紅茶的話，香醇的滋味就會變得更有深度。簡直是無從挑剔的美味。

「小春春，難道妳是怕燙的人？」

看在朧同學眼中，我裝模作樣地享受這杯珍貴紅茶的神情，似乎成了猶豫要不要喝的困擾模樣。他對我投以關心的視線。

「最近的天氣很熱，或許改泡冰紅茶會比較好？」

這個透露出情感的嗓音，讓人完全無法想像是源自於剛才還以一臉漠不關心的表情坐在我隔壁的人。今天也出現在我家的朧同學，感覺就像是永遠在冰箱門收納區待命的自家沖泡冰麥茶那樣自然。朧同學在學校裡和學校外頭的溫度差，今天依舊相當完美。

由精緻茶杯和上等茶葉攜手共演的午茶時間。無法優雅度過這段時光的我，放棄為了禮儀而繃緊神經，咕嚕咕嚕地灌下紅茶。

「不要緊，熱紅茶讓我愈喝愈上癮了。我說不定無法再回到冰紅茶的懷抱囉。」

「真的嗎？太好了。我也比較喜歡熱紅茶呢。」

「我也覺得紅茶好像要熱熱喝比較讚。」

「討厭啦，小春春。妳是女孩子呢，應該要說『好喝』才對。」

「讚跟好喝的意思都一樣啊。讚讚讚～」

已經看開一切的我，邊不停喊讚，邊繼續啜飲紅茶，還有欠教養地喝得很大聲。接著，我順勢把用來配茶的醬燒仙貝整片塞進嘴裡。看到這款塗滿醬油、鹹得要命的仙貝後，我希望它能合朧同學的胃口，於是第二次侵占家人買來的零食。然而從剛才開始，就只有我一個人吃個不停。

明明生為女孩子卻一點都不像女孩子的我，看在朧同學眼裡，會不會是個令人反感的存在呢？今天的我，穿著鈕釦快要脫落的芥黃色ＰＯＬＯ衫，以及已經嚴重褪色的牛仔短褲，是個居家到甚至無法去一趟便利商店的打扮。

儘管多少有預料到朧同學第三次的突然來訪，但我仍刻意選擇這樣的穿著。雖然衣櫃裡也有幾件散發少女氣息的服裝，但要穿上它們，總讓我有些猶豫。因為，比起我，我深信朧同學更想穿上這樣的服裝。

身穿制服的朧同學，以白皙到幾乎和短袖制服融為一體的雙臂，將雲朵圖樣的坐墊抱在胸前，並且雙腿併攏著側坐。而我當然是盤腿坐，坐墊也當然墊在屁股底下。

口感偏軟的醬燒仙貝，愈嚼愈是跟牙齒難分難捨，無法順利吞下去。無計可施的我，只好在嘴裡還殘留大量仙貝的狀態下灌下紅茶，結果一不小心就嗆到了。我的喉嚨被第一次品嘗到的醬油味紅茶嚇到了。

「真是的，誰叫妳要把那麼大塊的仙貝一口氣塞進嘴裡呢。」

嘆著氣道出的這句話，聽不出一絲責備的嗓音。證據就在於朧同學秀出他一口整齊的牙齒笑了。原本應該掩著嘴的那隻手，抽了一張衛生紙遞給我。

被朧同學氣質高雅的微笑籠罩的我，突然覺得整顆腦袋變得軟綿綿的。明明是醒著的狀態，卻好像在作夢。我努力將逐漸遠離的意識拉回來，在渾沌的腦子裡不斷反芻他的鼻音。

好平靜啊，彷彿坐在在奶奶家面對庭院的緣廊，撫摸著躺在腿上的貓咪。我甚至能聞到蚊香的味道。然而，我明白徜徉在這種心情中的其實只有我一人，朧同學的心總是在某個地方徘徊不定。例如，等待紅茶的茶葉泡開的時候，將最後一滴紅茶倒進我茶杯裡的時候，盯著紅茶水面瞧的時候。朧同學經常像在思考其他事情，露出遙望遠方的眼神。

靈魂和肉體不同步的朧同學。他那混亂的內心世界，究竟呈現什麼樣貌？焦躁？苦澀？他都把這樣的情緒隱藏在何處？我原本是因為喜歡花色才買下那款坐墊套，但現在，在朧同學胸前蔓延的那片藍色，看起來卻有些刺眼。

沒受到教訓的我，再次拿起一片仙貝。不過，這次我謹慎地只咬一口。隔著留下齒痕的仙貝偷看朧同學半晌後，我道出好不容易想出來的藉口。

「紅茶跟仙貝或許不太合呢。」

「但我看妳吃得津津有味的啊。」

朧同學輕笑著帶過。我原想試圖辯解，但因為朧同學繼續道出的「不過啊」閉上嘴。

「妳吃東西的樣子，會讓人莫名想為妳加油呢。」

「什麼跟什麼啊？就算替我加油，我也只會覺得傷腦筋啊。」

「因為，看到妳吃得那麼努力，又一臉津津有味的樣子，一旁觀看的人，也會忍不住跟著亢奮起來。」

「不會吧……我吃東西的樣子，看起來總是很拚命嗎？這樣感覺很像貪吃鬼，讓人很難為情耶……」

「有什麼關係呢？我喜歡在吃東西的妳喔。」

正準備放下仙貝時，卻被出其不意的這句話擊中，我再次猛烈咳嗽起來。因為喉嚨被一股莫名的壓力壓迫，我這次發出的是沒有聲音、只有氣音的咳嗽。

「妳沒事吧？我再幫妳倒一杯茶。」

對自己發言的威力渾然不覺的朧同學，咕嘟咕嘟地將紅茶注入我的杯中。因為他道出的「喜歡」兩個字，我亢奮的情緒遲遲無法冷靜下來，但只顧著紅茶的朧同學，僅是說了一句「好像冷掉了呢」。如果我現在捧起杯子喝茶，就算是剛沖泡好的，嘗起來大概也會是偏冷的溫度吧。

這樣無可救藥的自己，讓我想要發笑，但無處可去的笑意，終究還是被我吞回肚裡。我不小心察覺到最關鍵的溫度差。對我跟朧同學來說，剛才那句「喜歡」，想必有著完全不同的溫度。那天，我懷著「這輩子唯一一次告白」的覺悟，道出了熾熱的「喜歡」。然而，朧同學想必沒能感受到我想傳達給他的溫度。他所接收到的，是只有表面、不冷也不熱的「喜歡」。

想到這裡，原本被我壓抑下來的自嘲，又輕易地再次浮現。現在這個無法為朧同學做任何事的我，最適合不冷也不熱的「喜歡」了。

「今天啊，我在放學路上繞去書店。這是我第一次自掏腰包買這種雜誌呢。」

為了提高溫度，我把剛買的雜誌拿出來。那是鎖定年輕女性為讀者群的花俏時尚雜誌。封面的紙質很乾燥，不會反射螢光燈管的亮光。探頭過來看雜誌的朧同學，眼中也沒有透出半點光芒。

「這本雜誌有介紹化妝的方法，我想說可以跟你一起看。」

「真謝謝妳。」

朧同學微妙的反應，讓人無從判斷他對這本雜誌有沒有興趣。他沒有將手伸向雜誌，而是捧起茶杯。緩緩將茶杯傾斜的他，令我看不見他臉上的表情。我慎重地翻開雜誌說：

「朧同學，你看，這裡有不同類型的化妝方式耶。小惡魔系、清純系、性感系、溫和穩重系等各式各樣的妝容……朧同學，你喜歡哪一種？」

「我覺得普通的最好了。如果能成為一名極為普通的女孩子，感覺就已經足夠了。嗯。」

從茶杯上方抬起頭來的朧同學，臉頰浮現酒窩，表情跟他沉重的發言完全相反。朧同學的笑容，比起雜誌裡任何一種類型的女孩子笑容，都更令人心疼。

我不禁語塞。儘管想說的話堆積如山，我卻不知道該說些什麼或是怎麼說出口。

『普通的女孩子，感覺都會有閃亮亮的未來呢。』

原本在教室裡左耳進、右耳出的那句話，此刻突然又流回我的腦中。有些甜膩而開朗的嗓音，以令人不快的沉重感迴盪著。

「咦，我說錯了?喜歡哪種類型的女孩子……妳是在問這個嗎?」

「不，你沒說錯!我是在問你想成為哪種類型的女孩子。對不起。那個，我……對不起。」

「小鈴的話，應該會喜歡小惡魔類型的女孩子呢。『完全是我的菜!一見傾心!』大概是這種感覺吧。」

提高音量的朧同學，只有左半張臉露出扭曲的笑容。這個像是試圖打圓場的滑稽表情讓我相當難受，心臟的收縮似乎變得更加激烈了。讓他露出這種表情的人，明明就是妳——加速的心跳從體內如此責備我。

我將手伸向雜誌，指腹按在紙張邊緣，試著左右滑動，但遲遲未能感受到期待的那股痛楚。沾上仙貝醬汁的指頭，無法這麼輕易被割傷。我狠狠咬牙，臼齒上殘留的醬油風味，讓我更徹底厭惡自己。

「噯，我到底該怎麼做才好呢？」

那是個宛如不小心洩漏出心聲、十分痛切的嗓音。方才都還是滑稽的表情，但現在，眼前這張臉蛋已經沒了半點笑意。總是呈現純淨白色的眼白部分，看起來似乎也微微泛紅。

儘管連他指的是什麼事情都不確定，這個提問卻極具說服力。今後，朧同學究竟該如何是好？該怎麼做，才能讓他的未來變得閃亮亮呢？

將視線往下的朧同學，模仿我以手指摩擦雜誌頁邊緣，不同於我的手指，他乾淨又纖細的指尖，感覺馬上會被紙割傷，讓我很害怕。

「朧……朧同學——」

「開玩笑的。當我沒說過。忘了吧，忘記那句話。」

朧同學垂下眼簾，笑著回應，彷彿打從一開始就不期待我的答案。眼尾下垂的表情看起來像是已經放棄，又像是看開了一切，讓我的喉頭湧現一股苦澀。

「等一下！你為什麼要一個人終結這個話題呢？讓人很在意耶，而且也讓人很落寞！」

跳過內心困惑迸出來的嗓音，聽起來莫名緊繃，讓我感覺自己這般拚命的模樣很可笑。儘管如此，我仍無法好好笑出來。因為，明明了解一切，卻完全不能替朧同學分擔痛苦的無力感，滲透了我身體的每個角落。

「打擾了。那麼，下次見囉。」

朧同學的「下次見」，並不適用於我們下次在教室裡碰面的時間。明白這一點的我，仍以同樣的道別回應他。打開大門後，在外頭埋伏已久的溫熱空氣隨即湧進玄關。或許是天空被夕陽染紅的緣故，外頭感覺更悶熱了。想到得讓朧同學在這種時間返家，總覺得有些過意不去。除了「下次見」以外，明明還有更多能對他說的話，我的嘴卻一如往常地不中用。

轉身背對我後，朧同學以手遮住眼睛上方，仰望橘紅色的天空。隔著他纖細高挑的背影，我瞥見一個熟悉的身影。邊以手帕拭汗邊匆匆朝這裡走來的人，有著跟我幾乎一模一樣的偏圓嬌小身材——是我的母親。看到我和朧同學之後，她加快腳步，一口氣和我們拉近距離。伴隨這樣的動作，她擦汗的手也跟著加速。

「哎呀哎呀！因為家裡很少有客人來訪，我嚇了一跳呢。看到不認識的人站在家門口，我還以為我認錯房子了。」

母親不是特別對著誰這麼說，只是自顧自地開口，然後搖晃身體發出「哇哈哈哈哈」的爽朗笑聲。聽著她響徹走廊的笑聲，我以食指抵上嘴唇說：

「媽，妳太大聲了啦，這樣又會被鄰居抗議喔。」

「哎呀，真討厭，小春春，別說什麼『又』嘛。這樣會讓別人知道媽媽老是惹鄰居生氣呀。」

接著，母親仰望朧同學，以一聲「對吧～？」謀求他的同意。母親也好、哥哥也好，為什麼我家的人在面對初次見面的對象時，都能這樣毫不害羞地裝熟啊？

「初次見面，我叫朧椿。不好意思，剛才來府上打擾了一段時間。」

或許是因為我仍維持著以食指抵住嘴唇的姿勢，朧同學將臉朝母親靠近，壓低音量對她打招呼。喜孜孜地回應「哎呀，你剛才來我們家玩嗎」的母親，雖然也跟著壓低音量，但幾乎是朧同學一說完話，她就急著連珠砲似地開口。

「難得見到面，但你已經要回家啦，真可惜。如果能繼續跟你多聊一下就好了～」

「不過，能見到伯母一面，真是太好了。因為我一直很想跟您打聲招呼。」

「哎呀哎呀，你這孩子怎麼這麼有禮貌呢！」

「不會不會，您過獎了……因為我常常不請自來，所以希望至少能跟您好好打一次招呼。」

「哎呀，你常常來玩嗎！原來你跟我們家小春春這麼要好，真是謝謝你。」

「我才是應該說謝謝的人。」

「歡迎你隨時再來玩喲。我不常在家，所以沒辦法親自招待你，但我下次會做些什麼點心等你來。」

「哇，好期待喔，非常感謝您。」

看著兩人壓低音量、不斷朝彼此鞠躬致意的模樣，我的臉上不禁浮現笑容。在夕陽照耀下，就連在地面拉得長長的黑色影子，都不斷重複鞠躬的動作，看起來更加引人發笑。

「啊，對了！你等一下喔，朧椿同學！」

圓瞪雙眼、嘴巴也圓圓地張開的母親，以拳頭敲了另一隻手的掌心後，大聲喊出才剛記住的這個全名。我隨即對她投以譴責的視線。發現自己做錯事的母親縮起脖子，像是刻意做給我看似地閉緊雙唇，只以招手的動作示意朧同學踏進玄關。

不等大門關上，母親便搬出一個放在玄關旁的紙箱。

「這些是從我們鄉下老家寄來的。不嫌棄的話，你拿一些回去吧。賣相雖然不太好，但滋味可是很不錯的喲～」

或許是很中意朧同學，母親看起來心情相當好，讓我也連帶地有些開心……不過這樣的心情，只維持了短短一瞬間，看見母親忙碌地進行將紙箱內容物分裝到塑膠袋裡的作業，我馬上改變了心意。胡蘿蔔、洋蔥、馬鈴薯、不知名的白色超長棒狀蔬菜、顏色看起來像是有毒水果的球體，以及不知究竟是蔬菜還是水果、長得歪七扭八的褐色塊狀物，母親將這些蔬果接二連三塞進袋子裡，塑膠袋迅速膨脹起來。不管怎麼看，都是反而會造成對方困擾的善意。

「好，裝了好多呢。為了避免塑膠袋破掉，我套了兩層，你放心吧！」

明明注意到塑膠袋的耐用度，卻沒想過這足以把袋子撐破的重物，得讓對方花多少力氣提回家，實在是很不可思議。然而，正當我企圖制止以滿面笑容遞出大袋子的母親時，朧同學卻意外擋下我伸出的手。

「非常感謝您。家母看到這麼多新鮮蔬果，一定也會很開心。」

帶著笑容一鞠躬之後，朧同學以單手接下那一大袋蔬果。他提著袋子的手臂浮現了青筋，手指也因為被袋子勒住而泛白，不過，朧同學並沒有因此換一隻手拿，或是改成用雙手提。真是旺盛的逞強精神。如果表現出袋子很沉重的反應，恐怕是一種失禮的行為吧——頑固的他或許是這麼想的。

重複了幾次道謝和鞠躬的應答後，朧同學終於回家了。跟母親一同目送那個左手提著一大袋令人困擾的善意、腳步有些重心不穩的背影離去，感覺有點奇妙。

「我是不是一時興奮，結果裝得有點太多？」

「不只是『有點』好嗎？不管怎麼看，那袋都裝得太多了。妳看啦，因為袋子太重，他整個人重心都歪一邊了。要這樣一路提回家，絕對會很辛苦。」

「討厭，怎麼辦？應該要拿一點出來才對喔？」

「太遲了啦。」

「真是的～既然這樣，妳怎麼不早一點告訴我呢～」

「我還來不及制止，妳就一股腦兒拚命地裝啊！」

「哎呀，討厭啦，小春春。不要這樣氣呼呼地大吼嘛，不然鄰居會來抗議喲。」

原本還想繼續反駁的我閉上嘴巴，因為朧同學停下腳步，朝我們轉過身來。原本以為他是聽到我的嚷嚷，讓我緊張了一下，但他似乎只是想在電梯來之前打最後一次招呼。他先是端正站姿朝這裡一鞠躬，抬起頭來後，又揮了揮手。鞠躬是對母親道別，揮手則是對我說拜拜——難得我因為自己的解讀而心情大好，一旁的母親卻搶走朧同學對我說的拜拜，朝他揮舞手中的手帕。無法以任何動作回應的我，只能眼睜睜看著朧同學走進電梯裡。

現在，他想必一個人待在電梯裡，努力應付那袋過重的土產吧。他會換成用右手拿嗎？還是以雙手一起拿的方式分散重量？又或者暫時把袋子擱在地上？

雖然做了很多想像，但不知為何，我總覺得朧同學現在仍以左手提著那只沉重到陷進手指關節裡的袋子。

七 致命一擊的朧同學

母親遞給朧同學那袋滿滿的土產，現在引發一件大事。為了表達謝意，朧同學竟然說要招待我吃晚餐。也就是說，我會被邀請到他家作客。儘管我再三表示母親只是把家裡吃不完的蔬果硬塞給他，所以完全不需要道謝，但朧同學不肯讓步。他以「我母親說要好好展現一下自己的廚藝」試著說服我，反而更讓我腦袋一片空白。去朧同學家拜訪，還要跟他的父母一起吃晚餐——光是想像，我整個人就快要爆炸了。

送朧同學土產的人是母親，所以去他家作客的人應該也是母親才對——這樣跟母親無理取鬧到最後一秒鐘的我，最後還是硬著頭皮前往跟朧同學約好碰面的車站。感覺一不注意，我就會同手同腳走路。平常那麼容易出汗的身體，現在卻變得冰冷而僵硬。來自水泥的熱氣，以及幾乎灼傷人的夕陽，今天都無法影響我的身體。或許是因為這樣，就連紅綠燈的號誌轉換了，我都沒注意到。

不知是哪根筋不對勁，我竟然把在衣櫃裡沉眠已久的蕾絲洋裝挖出來穿上。這或許就是讓我的一舉一動變得反常的原因吧。再不然，就是因為在走過來的路上，我一時興起買了潤色護唇膏，還將它塗在自己乾燥脫皮的嘴唇上。不對，應該是洋裝和護唇膏相乘的效果……在我百思不得其解的時候，讓我無法平靜下來的最關鍵原因出現了。

從短袖POLO衫伸出來的長長雙臂，看起來炫目不已。那是一件藍色和白色交織成大理石紋樣的POLO衫。看到那彷佛象徵著朧同學錯綜複雜的內心世界的花樣，我一瞬間屏息。站在車站正前方的他朝我揮手。他的手在腦袋瓜旁輕快搖晃，而且是雙手一起。

原本快步走在我前方、看起來在趕路回家的西裝大叔，轉頭朝四周張望了幾下，或許是想確認朧同學是在朝誰揮手。他揮手的方式，就是這麼令人感動，連我都忍不住確認了自己後方，因為我實在不太敢相信那充滿歡迎之情的雙臂在朝自己揮舞。我後方沒有揮手回應朧同學的其他人存在，再次望向前方時，發現朧同學揮手的動作變得更大了。搖來搖去、搖來搖去，不停搖晃的掌心。我想，我一輩子都不會忘記這樣的光景。

朧同學的家，有著跟我想像中相差甚遠的外觀。我們踏上一條散步的野貓比行人更多的平靜小巷，前進了十分鐘左右後，抵達讓我有些意外的小小公寓。在我的想像中，朧同學家應該位於大門全數附帶自動鎖設計的高聳電梯大樓裡，而且必須乘著半透明的時髦電梯往上，直達最頂樓那層。因為朧同學總是散發著住在這類高水準住宅裡的人才會有的優雅，所以我作夢也沒想到，他的生活空間竟會在一棟如此迷你的公寓裡。

塗上厚厚一層米色油漆、共兩層樓高的這棟公寓，跟目前獨自外派的父親一個人居住的地方有幾分類似。有的房間採用向日葵花圈裝飾的門牌，散發出滿滿的季節感；有的房間則是報紙多到從玄關大門溢出來。這種落差甚大的氛圍，跟父親短租的住處幾乎一模一樣。

「我家在這裡。」

朧同學在一樓的左側停下腳步。他家玄關旁的格子窗上，有一整排的迷你仙人掌盆栽。看到這一幕，我才突然湧現「這裡就是朧同學家啊」的真實感。頂端開著小巧鮮紅色花朵的仙人掌們相當可愛。等距離排放的六個盆栽，想必是朧同學布置的吧。

「是說，很難得看到妳這樣盛裝打扮呢。」

朧同學圓瞪雙眼，彷彿現在才注意到這一點。他不同於表情的平淡嗓音，也讓我彷彿現在才注意到，自己今天身上這襲服裝，正是我平常一直避免、十足像個女孩子的打扮。我今天真的有哪裡不對勁。為了掩飾自己的愚蠢，我以雙腿夾住飄逸的裙襬。真希望能將高漲的情緒一併封印起來。

「就是說啊。很奇怪對吧？不適合我。」

「沒這回事，我只是有點驚訝而已。」

「因……因為！我覺得如果穿成平常那樣來拜訪，實在不太妥當……」

「我也很歡迎走運動路線的妳來家裡玩啊。」

「要到別人家中叨擾的時候，我好歹得變身成華麗的小春春才行！」

「沒關係啦，來我家不需要顧慮這麼多喔。」

朧同學的嗓音終於恢復了正常的抑揚頓挫。再次審視我跟華麗一詞相距甚遠的穿著後，他的臉頰上浮現了酒窩。不過，在一句「噢，話說回來……」之後，他以食指抵住下唇，臉上的笑容也跟著縮回。儘管語氣像是順帶一提，表情看起來卻很謹慎。

「那個啊，我沒有父親，也沒有其他兄弟姊妹，家裡只有我跟母親兩個人。」

現在這種時代，母子相依為命的單親家庭早已不稀奇。看著一臉嚴肅地告訴我這種事的朧同學，我總覺得有幾分不捨，但也莫名有種恍然大悟的感覺。支撐著單親媽媽的孝子，跟朧同學給人的印象完全吻合。

「哦～這樣啊，那我得好好跟伯母打招呼才行呢。」

明白問題不在我一身少女風的穿著後，儘管這種想法不太好，但我還是暗自鬆一口氣，然後鬆開雙腿，以雙手撫平方才被夾住的裙襬上頭的皺褶。

「雖然我家很小，但請進吧。」

大門輕輕敞開的瞬間，一股舒適的冷空氣迎面而來，同時，某種不熟悉的氣味跟著竄進鼻腔。這是不同於生活氣味、一般家庭恐怕很難醞釀出來的獨特味道，讓人聯想到百貨公司一樓的女人香。

儘管外觀幾乎一模一樣，但這個家從入口開始，就已經跟我父親承租的套房天差地遠。明亮到讓人不禁擔心起電費的玄關，儘管燈光徹底照亮每個角落，卻看不到半點灰塵。因為這個空間過於潔淨，讓我鞋子上的汙痕格外突出。鼓起幹勁換上洋裝卻沒注意到腳下的我，現在仍穿著平常那雙腳跟處磨損的球鞋。

「打擾了。」

我迅速踏進玄關，將髒兮兮的球鞋併排後，像是要把它藏起來似地推向角落。朧同學拿了一雙拖鞋給我。我們家從不曾拿拖鞋給客人穿過。深深感受到家教不同的我，決定下次要買一雙朧同學專用的拖鞋放在家裡。

「歡迎妳，小春春。」

正當我享受這雙長毛拖鞋毛茸茸的觸感時，身後傳來一個聲音。聽到不認識的人這麼親暱地呼喚自己，我的心臟開始跳得比平常更加快活。那個聲音高亢而清澈，跟朧同學總是帶點鼻音的嗓音不同。明明還沒自我介紹，卻被對方以名字呼喚的異樣感，隨即轉變成害羞的感覺。在面對自己的母親時，朧同學或許也是大方地稱呼我為「小春春」吧。

比想像中更快跟伯母面對面，令我不禁嚥下一口口水。做好準備轉身後，面前是一位讓人眼睛一亮的美麗女性。她有著跟「母親」一詞不相襯的美，粉紅色針織衫與黑色長裙的搭配，儘管一點都不搶眼，卻散發出一種雍容華貴的氣質。這樣的女性，就算大方走在哥哥任職的髮廊外頭那條時尚大街上，也絕不會突兀。或許是因為這個緣故，我不可思議地覺得自己彷彿在某處見過她。

「晚安，打擾了。」

聽到我的第一句話，眼前這名女性緩緩歪過頭朝我微笑。微捲的褐色髮絲，配合她歪頭的動作緩緩流洩於肩頭。比起剛剛站在公寓外頭的時候，眼前這個人就是朧同學母親一事，更讓我沒有真實感。

之所以莫名感受到一種難以親近的氣質，並不是因為我無法判讀她隱藏在完美妝容下的表情。明明看到對方朝我微笑，不知為何，我卻遲疑著是否要同樣回以微笑。伯母的雙眼帶著一種力道。被濃密睫毛包圍的瞳孔，看得我有些發疼。隱藏在微笑中的強烈視線貫穿了我，讓我幾乎被一種無法言喻的疏離感給擊潰。為了揮別這樣的感覺，我盡可能以活潑的嗓音開口。

「您好，我是山本小春。今天非常感謝您招待我來。」

「我才是呢。前幾天收到那麼多美味的蔬果，真的非常感謝。」

道出在腦中反覆練習過好幾次的問候之後，我就不知道該說些什麼好了。伯母臉上依舊掛著動人的笑容，目光卻變得愈來愈犀利，像是在評定我這個人。我總覺得，自己對朧同學單方面的好意彷彿被她看穿了，不禁垂下視線。這時，一個溫暖的觸感撫上我的頭頂。

「謝謝妳一直跟我們家的椿椿這麼要好。」

伯母摸著我的頭，以格外甜美的嗓音這麼表示，感覺像是在稱讚一隻聽話的小狗。不過，我不覺得討厭。最重要的是，我很喜歡「椿椿」這種叫法。喜歡到必須拚命壓抑想要噗嗤一聲笑出來的衝動。不過，朧同學的身影進入視野後，我再也忍不住地笑了出來。以怨恨眼神盯著伯母的那張臉上，很明顯表示出「都說不要叫我『椿椿』了吧」的抗議。

「哎呀哎呀，怎麼啦？我說了什麼奇怪的話嗎？」

「還不是因為妳叫我『椿椿』。」

朧同學嘟起嘴，代替忙著偷笑的我草草回應。或許是明白我突然笑出聲的理由了，伯母挑高眉毛跟著笑了出來。她清澈的笑聲，將我心中的不安一口氣吹散。朧同學也看似放棄地將噘起的嘴唇恢復原狀。

看到浮現在這兩人臉上的酒窩，我才猛然明白了。我知道自己為什麼會有對伯母似曾相識的神祕感覺了，因為眼前這兩張笑臉實在太相似。

「請進來吧。」

算準我笑聲停下來的時間點，伯母替我打開通往客廳的門，裡頭是一片整潔明亮的室內空間。以米黃色系統一的家具，雖然設計比較簡樸，卻和這個不會過度寬敞的客廳融為一體。只能容納兩人的小型沙發，讓這裡看起來像是為新婚夫婦打造的房間。充斥在客廳裡的時髦氛圍，甚至足以讓放在小型餐具櫃上的膠帶，看起來像一塊年輪蛋糕。這裡完全感受不到只有兩個人住的寂寥。

「小春春，來洗手吧。馬上就要吃晚餐了。」

將視線拉回朧同學身上後，我看到另外敞開的那扇門後方，有一台矮矮的洗衣機。原本以為裡頭是收納空間的那扇狹長門扉，原來通往浴室。朧同學拾起肥皂，然後縮起肩膀往右靠一步。也不用兩個人同時肩並肩地洗手吧？儘管內心感到坐立不安，我仍老實地和朧同學一起站到洗臉台前方。為了避免撞到他，我同樣縮起肩膀，然後扭開水龍頭。朧同學把搓好的一大坨肥皂泡泡分給我。在我盯著那塊新鮮又輕飄飄的白色塊狀物看得入迷時，一個不習慣的嗓音在浴室裡迴盪。

「椿椿，至少開個燈呀。」

「外頭的天色還沒有那麼黑，沒關係啦。」

「不可以，要在明亮的地方好好把手洗乾淨才行。」

話還沒說完，浴室裡瞬間變得明亮起來。被燈光照亮的朧同學，像是在跟鏡中的自己玩瞪眼遊戲那樣板著臉。看到他的表情，我的眉頭也不自覺地皺起來。

「真是的，椿椿從以前就很喜歡灰暗的地方，讓我好傷腦筋喲。就連洗澡的時候他都不開燈呢。」

看到在鏡中對我笑的伯母，我只能回以曖昧的笑容。當事人則是帶著一臉不關己事的表情，將手上的泡沫沖掉。朧同學討厭曬黑，所以，對於他喜歡暗處一事，我也不覺得奇怪。然而，我無法隨意將這件事聽過就忘。

我絕對無法在不開燈的情況下洗澡，就連在洗頭時閉上眼睛的短暫時光，有時都會讓我害怕至極，更不用說在一片黑暗的浴缸裡泡澡，這樣感覺會無法逃離「無數隻手突然從水面竄出，將自己拖進排水溝裡」的妄想。這可不是我特別膽小的緣故。獨自待在空蕩蕩的家裡一久，就會在不知不覺中變得膽小。所以，朧同學也——

在我試著解讀朧同學獨特的入浴方式的真正用意時，一陣奇特的咕嚕聲阻斷我的思考。我的心臟猛地抽痛一下。來回撫摸自己平坦腹部的朧同學並沒有露出害臊的笑容，只是面無表情地開口。

「我肚子餓了。」

「好好好，那我們趕快來吃飯吧。」

朧同學幾乎近在耳邊的胃袋鳴叫聲，是個彷彿內部有一男一女正在展開激烈戰鬥、令人坐立不安的聲響。

套上有著滿滿荷葉邊的圍裙後，伯母陸陸續續將盤子端上桌。我完全沒有出手幫忙的分，只能為她俐落的身手震懾不已。坐在朧同學旁邊的我，挺直背脊觀看小小一張餐桌逐漸被料理淹沒的過程。

沒想到這天的晚餐會是豬排咖哩。我愛吃豬排咖哩一事，竟然已經傳到伯母耳中了嗎？看著裝在昂貴餐具裡魅力滿點的褐色，我簡直要恨死哥哥了。

伯母特地煮了我喜歡的料理，這樣的心意讓我很開心。不過，豬排咖哩是相當費功夫的一道菜。無論是豬排或咖哩，就算分開也能單獨當成一道菜。為我這種人熬煮咖哩又炸了豬排，真的讓我很不好意思。真要說起來，我母親會炸豬排也會煮咖哩飯，卻從不曾為我煮過豬排咖哩。在我家，豬排咖哩是買來吃的東西。

「久等囉。來，開動、開動吧。」

在客廳和廚房之間來回穿梭的伯母，在我正對面的座位坐下，像要炒熱氣氛似地拍起手來。她打著不像是剛完成費時料理的人會打的輕快拍子，輕輕左右搖晃著頭，是讓人很想在旁邊加上「拍拍拍」或「興奮興奮」之類擬態詞的可愛動作。這種開始吃晚餐的方式真是太活潑了。

「我要開動了。」

朧同學在胸前雙手合十，然後閉上雙眼。看到他這麼做，原本亢奮的伯母也停下動作閉上眼，整個客廳安靜到幾乎能聽見咖哩竄出裊裊熱氣的聲音。被獨自丟下的我，連忙模仿他們將雙手合十。

「好啦，請用。我煮了很多，妳可以儘管吃喲。」

打破沉默的是宛如歌聲般的活潑嗓音。張開雙眼後，伯母再次恢復成表情生動的興奮狀態。說話時，比起嘴角，她的眉毛動得更靈活，光是看著這樣的伯母，我的表情也不禁跟著一起扭動。

「我要開動了。」

這麼宣言後，我最先享用的，是表面有著花草雕刻的玻璃杯裡的開水。我啜飲一口，壓抑因嗆到而想要咳嗽的反應。這杯無色透明的水，竟有著柑橘系的果香。因為強忍著沒有咳嗽，嗆到的水湧上鼻腔，讓我的雙眼比喉頭早一步被水分潤澤。連一口水都無法好好喝，看來，我的身體或許遠比我想像的更緊張。

我邊祈禱水不要從鼻子流出來，邊將湯匙探入咖哩之海。仔細看的話，可以發現在海中沉睡的馬鈴薯、紅蘿蔔和洋蔥，全都呈現完美的四方形。跟我母親煮的那種只有馬鈴薯異常大塊的咖哩，以及便當店那種蔬菜全都融在醬汁中的咖哩，隨即分出高下。

受到文化衝擊的我，終於把朧家的咖哩送進口中。我提高警戒，避免再次將食物嗆到鼻子裡，同時細細咀嚼著。光想到這就是將朧同學養育長大的滋味，我的雙眼便再次蒙上一層水氣。嘗起來完全沒有肉感的豬排，幾乎讓人懷疑是不是不小心誤把蒟蒻拿去油炸。醬汁的味道，則是淡得讓人猜想恐怕是錯估了水的分量。然而，這一切嘗起來都是那麼高雅。愈是咀嚼、咀嚼、咀嚼，味覺就變得愈敏銳。

「怎麼樣？合妳的胃口嗎？我其實不太擅長做菜呢。」

看到我一口吃了這麼久，伯母不安地瞇起雙眼望向我。會在吃飯時不停叨念「讚讚讚」，甚至還因此被哥哥嫌吵的我，現在竟然當著廚師的面沉默地用餐。發現自己的失態後，我連忙嚥下口中的食物。

「沒這回事，很美味呢！非常、超級美味！是高級日式餐廳的味道！」

「我想，高級日式餐廳應該不會提供豬排咖哩喔。對了，小春春，妳也吃點這個吧。」

冷靜吐嘈後，朧同學用自己的筷子將沙拉夾到我的小碟子裡。他將萵苣、番茄、小黃瓜、酪梨和蝦子等不同食材一一分裝到碟子裡。伯母邊點頭，邊滿意地觀察他夾菜的優雅動作。即使當著母親的面，仍能毫不猶豫地做出可能造成間接接吻的行為，這樣的朧同學果然是個女孩子。儘管明白這一點，我卻有些呼吸困難。

「來，請用。」

「謝……謝你。」

我將複雜的心情和水嫩的蔬菜一同送進胃袋。從剛才就覺得吃什麼都沒味道，想必不是伯母的料理本身的問題。是這段非日常過頭的時光，讓我的味蕾無法正常運作。儘管空調讓身體十分涼爽，我的腦袋卻一直像是發燒般熱烘烘的。

「沙拉也非常好吃。」

「太好了～妳不要客氣，儘管吃喔。對了對了，我們家有很多種沙拉醬呢。我喜歡芝麻口味，椿椿則是喜歡青紫蘇口味。妳偏好哪種口味呢，小春春？挑選自己喜歡的用吧。」

俐落地將多瓶沙拉醬並排在桌上後，伯母終於也開始吃飯了。不過在用餐途中，她依舊滿面微笑地看著我。我不會覺得尷尬，但還挺害羞的。每次四目相接的時候，我總會忍不住輕輕點頭，伯母原本淺淺的微笑則會擴大。因為過於拘謹，我的味蕾再也嘗不出任何味道。但為了回應伯母的期待，我必須再吃一碗才行。於是，我將大碗的豬排咖哩，以及應該是青紫蘇風味的沙拉努力送進口中。

現在，餐桌上只剩下湯匙碰撞碗盤的聲音。是說，從剛才開始，這個鏗鏘鏗鏘的聲響好像也太頻繁了一點。無論是在學校或我家，吃東西的模樣都相當秀氣的朧同學，現在竟然在吃咖哩時發出這樣的噪音，令我難以置信。

見到在母親面前吃相相當活潑的朧同學，讓我將他跟大口扒著巨大便當的鈴木同學身影重疊在一起。我並沒有因此感到不快。無論他的吃相多麼粗魯，就算是朝我的盤子打了一個大噴嚏，我也只會湧現「謝啦鹽味！」的感想，若無其事地繼續用餐。我有這樣的自信。不過，無論是對朧同學或是對我來說，這絕對都不是一件好事。因為，朧同學想必是為了避免讓母親察覺到內心的那個自己，才故意吃得這麼豪邁吧。

「你看看你，椿椿。吃東西的時候，要安靜一點才對呀。」

「瑞物以（對不起）～」

「真是的，嘴巴裡頭有食物時不要說話啦！」

被母親糾正的朧同學，像個惡作劇被發現的孩子縮起脖子。儘管覺得這樣的表情不適合他，我仍無法移開視線。原本味道就偏淡的咖哩，現在在我口中變得徹底無色無味。我將手伸向玻璃杯。理應帶著清爽香氣的白開水，現在，也只成了我喉頭的重擔。湯匙撞擊盤子的清脆聲響沒有停止。感覺朧同學好像慢慢變得再也不是他，讓我很害怕。

在學校遇見的朧同學，放學後造訪我家的朧同學，以及現在坐在我眼前、待在自己家裡的朧同學，我見識過各種不同的他，還像是跟蹤狂那樣執拗地觀察至今。不過，我總覺得真正的朧同學，彷彿不存在於任何地方。

在無人能發現的內心深處，想必有另一個真正的朧同學。這個在語尾加上不自然的「咧」、在一片黑暗中洗澡、吃飯時不斷用湯匙碰撞盤子、嘴唇上沾滿咖哩的他，正奮力抵抗一道無法跨越的大浪。無論再怎麼拚命發揮想像力，我都無法計算持續掙扎的朧同學所承受的痛苦。不過，只有一點我可以確定——再這樣下去，朧同學總有一天會溺水。

迎面而來的溫熱空氣，讓我實際感受到非日常的那段時光已經落幕。我離開活潑過頭的餐桌，來到太陽下山後被陰鬱空氣籠罩的外頭。在間隔距離很長的路燈下方，只看得到振翅舞動的蛾群。野貓隨處可見的小巷子，現在已然只剩一具空殼。明明是幾小時前才剛走過的路，現在看起來卻是完全不一樣的光景。

『你是男孩子啊，得送小春春回家才行。』

要是沒有伯母這句話，我八成會迷失在這些巷弄中，陷入哭喪著臉被飛蛾包圍的窘境。然而，可以的話，我實在不願看到伯母毫不猶豫地說出「男孩子」三字。儘管擁有足以看穿我本性的犀利眼神，她卻沒有發現朧同學的祕密嗎？

無法好好整理的思緒在腦中散落各處，塞得滿滿的胃袋，則是讓整個身體變得好沉重。因為一不小心就會走散，我緊緊跟在作為路標的那件大理石紋樣的ＰＯＬＯ衫後方，有時還得小跑步才能跟上。毫不畏懼地在錯綜複雜的夜路上輕鬆前進的朧同學，看起來無比可靠。

「對不起喔，還讓你特地出來送我。」

「沒關係、沒關係，因為這附近的路很容易搞混呢。再說，我是男孩子嘛。」

或許是因為說得太用力了，講到「男孩子」三個字時，朧同學的嗓音完美地破音了。我抬起頭，發現朧同學壓低視線望向我。他的眼尾是下垂的，但因為眉毛也一併下垂，所以表情讓人無從判別他是想笑或是想哭。

「你沒跟伯母坦白事實啊。」

「嗯，對啊。」

像是在聊別人事情那樣簡潔地回答後，朧同學摸了摸自己小瓜呆髮型剃得短短的髮尾。讓人脫力的唰唰聲迴盪在寂靜的夜路上。

「要是跟馬麻說出真相，我覺得她會因此自責。是不是不應該為我取『椿』這種名字？是不是因為我沒有父親的緣故？是不是因為自己在酒店上班，讓我過度見識到花蝴蝶的世界，才會變成這樣？馬麻一定會這樣思考各種理由。而且，我也不希望她湧現『為什麼沒能把椿生成女孩子』這類想法，為此獨自後悔。我很明白，這並不是任何人的錯。所以，我選擇不說。不是不能說，只是不說而已。」

放棄撥弄頭髮的朧同學，嗓音平靜到令人背脊發冷的程度。聽到他毫不害臊地稱呼母親為「馬麻」，我原本以為只是不小心口誤而已。不過，那順暢的語句表達，聽起來又像是一開始就決定這麼說。至今，他或許一直都是這麼說服自己，然後一直獨自煩惱著。

我總是把自己矮小的個頭怪罪到母親身上，有時甚至會因此恨她。這種情況下，我通常會連沒有把高挑身材的基因遺傳給我的父親一併憎恨，甚至嫉妒獨占了父親的基因、身高一路順利成長的哥哥。跟朧同學相比，我矮小的個頭根本是微不足道得令人火大的煩惱。然而，別說是憎恨，朧同學甚至反過來擔心自己的母親。

「你很為伯母著想呢，朧同學。」

「很難說喔，我或許只是有戀母情結罷了。」

眼前勉強擠出來的拙劣笑容，以及柔和濕潤的鼻音，給了我致命一擊。我覺得彷彿直到這一刻，我才發現自己喜歡朧同學的理由。

「小春春，那好像是妳哥哥的車子耶？」

我的額頭撞上突然停下腳步的朧同學背部。完全不把這股撞擊力道當一回事的朧同學，不知為何壓低音量對我說「妳看，就在那邊」，然後指向前方。我順著他食指的方向望去，看到一輛很眼熟的輕型車車尾。這輛車停在十字路口轉角，哥哥就站在車子旁邊。即使是跟路燈有一段距離的黑暗中，他的一頭銀髮也十分顯眼。

哥哥為什麼會在這裡？這個疑問一瞬間從我的腦中蒸發。被迫目擊這片光景的我，在移開視線之前，先躲到了朧同學的背後。

哥哥和一名身穿水手服的女孩子，在車門敞開的輕型車前方相擁。他們抵著彼此的唇瓣，激烈地爭奪對方口中的氧氣。兩人的姿勢都很扭曲，身體也不自然地緊貼在一起。哥哥的手指在水手服表面不停游移。

就算讓眼前這件ＰＯＬＯ衫的大理石紋樣填滿視野，烙印在眼中的殘象仍沒有消失。在黑暗中浮現的白皙小腿，以及掉在腳邊、尚未熄滅的菸蒂，這樣的白色與紅色持續在我的眼角膜上閃爍。我不願相信那就是情侶會有的樣子。近似於失望的失落感，讓我感覺胃裡的東西彷彿要倒流上來。

杵在原地的時候，某個東西碰到了我的手。是朧同學冰冷細長的手指。他的手指以格外溫柔的動作包住我的手，因此，我花了一點時間，才明白自己的手被朧同學握住了。肌膚相觸是很骯髒的事。然而，儘管骯髒的哥哥讓我想吐，我仍舊握住了這隻手。

「我們從這邊走吧。」

朧同學轉身背對汽車旁的兩人，拔腿就跑。被他拉住手的我也跟著跑起來。我想趁早離開這個地方。一股腦兒追趕著眼前背影的我，突然稍微能體會被帶出門散步的狗的心情。朧同學此刻又是什麼樣的心情呢？我想起自己揪住他的手全速衝刺的那一天。我透過這樣的方式，試著將烙印在眼皮內側的現實洗掉。

我抬起視線。朧同學筆直望著前方。或許是因為在跑步，他的表情看起來比平常更緊繃。從下顎到喉結處的曲線，帥氣到讓人看得入迷；然而，他重心搖擺不定的跑步方式，看起來卻顯得弱不禁風。這樣的不平衡，很有朧同學的感覺。

我的視線不自覺地被他白皙的手吸引。從大理石紋樣的ＰＯＬＯ衫探出來的手臂，有著不明顯的肘關節、骨感的手腕，而且和我的手牽在一起。我小小的掌心，被朧同學大大的掌心包覆在裡頭。我雙眼接收到的情報和肌膚感受到的觸感，無法順利連結在一起。腦中一片茫然，這時，我頹靡的大腦接收到朧同學的嗓音。

「在那個轉角拐彎以後，就不要緊了喔。」

雖然氣喘吁吁，但朧同學沒有放慢速度。他說的「不要緊」讓人摸不著頭緒，但我卻真的湧現了某種「不要緊」的感覺，於是以「嗯」回應他。

我被握住的掌心，感受到朧同學的力道。第一次相觸的他的掌心內側，柔軟又有彈性，像是貓咪肉球的觸感。

「不行，我跑不動了……」

朧同學發出沒出息的哀號，隨後停下腳步。看起來似乎累壞的他，彎下上半身，以雙手按著膝蓋，試著調整急促的呼吸。我的手指被夾在他的膝蓋和掌心之間。若是喊痛，朧同學恐怕就會放開我的手，因此我懷著手掌的血流被阻斷的覺悟忍了下來。

「小春春，妳的體力意外很好耶。我們已經跑了好一段距離，但妳看起來完全不喘。」

我原本想以「說『意外』很失禮耶」回應他，但最後沒有這麼做。會讓朧同學感到意外，代表他大概已在內心確立了我這個人的形象。但他錯了，其實我現在連站著都很勉強，雙腿彷彿不屬於自己那樣使不上力。為了取回正常的感覺，我踩踏了地面好幾次，但雙腳的感覺遲遲沒有恢復。

被朧同學握住手的時候，至今未曾體驗過的某種感覺向我襲來。這種未知的感覺，每秒都在不斷膨脹，現在已在我體內張牙舞爪。從剛才開始，我的身體一直有種不真實的漂浮感，彷彿坐也不是、站也不是。每當心臟異常迅速地跳動，身體就跟著愈變愈輕。直到剛才都還沉重不已的胃袋和腦袋，現在卻變得缺乏存在感，讓人擔心它們是不是還完好地留在自己體內。

「你則是一如我想的那樣沒有體力呢，朧同學。」

被某種不知名力量附身的我的聲音，比平常更高亢地迴盪在這一帶。朧同學像是要跟我的嗓音同步那樣不斷輕輕點頭，似乎沒有察覺到我的異常。

「可能是運動不足吧～我最近老是偷懶沒上體育課。嗚嗚……剛吃完飯就這樣奔跑，肚子有點痛呢。」

皺著鼻子、露出門牙對我笑的朧同學，以另一隻空著的手摩擦側腹。我的身體再次有種輕飄飄的感覺。朧同學抬起上半身，伸了一個懶腰，我原本被他夾在膝蓋和掌心之間的手，也因此重獲自由。不過，我已經感受不到疼痛或發麻的感覺。

「我好久沒有這樣跑步了呢。」

「我們真的跑了好一段距離。感覺好像來到滿遠的地方。」

「不是好像，是真的喔。因為，從這裡到車站的距離，比從我家到車站的距離還要遠呢。」

只是拚命奔跑的我們，完全忘了目的地是車站。或許因為一直看著朧同學吧，我甚至沒發現周遭景色改變不少。我們在不知不覺中跑出陰森的小巷子，現在，眼前是一片開闊的光景。被小型堤防隔開的淺淺河川，以和我們平行的方向緩緩流動。儘管路燈的光芒依舊不可靠，但因為這裡能清楚看見月亮，所以周遭比剛才的小巷子要來得明亮。在月光照耀下，河面反射出炫目的光芒。

「好～那麼，就以車站為目標，再努力一下吧！」

聽到朧同學幹勁十足的嗓音，我跟著做好準備，但又馬上鬆懈下來。原本以為他打算繼續奔跑到車站，但朧同學的腳步，卻遲緩到不輸給一旁緩慢流動的河川。與其說是以車站為目標前進，他更像是漫無目的地散步。他邊走邊大幅度擺動雙手，我被握著的手也跟著一起擺盪，彷彿前後搖擺的盪鞦韆，感覺就像是約會結束後的回家路上。儘管內心激動不已，我仍裝出平靜的態度，和朧同學一起擺動雙手走路。隨後，他發出了爽朗的笑聲。

「感覺突然變得好悠哉喔。剛才那樣狂奔，就像一場夢似的。不過，我的心臟還是跳得好用力喔。」

「我也是，心臟好像快要爆炸了。」

「這樣的話，感覺妳不會噴血，而是會噴出咖哩呢。」

我明明不是在開玩笑，而是真的在擔心，朧同學卻只是一笑置之。晚風迎上我受他影響而浮現笑意的臉。或許是因為剛才拚命衝刺，又或許是因為其他理由而發燙的臉頰，現在慢慢降溫。朧同學也看似很舒服地瞇起雙眼，揚起下顎享受晚風的洗禮。我的嘴角再次跟著揚起。

風撫過朧同學的髮絲，月光落在他的肌膚上。我享受著黑與白的對比滲進眼皮內側的感覺，原本在視網膜上反覆閃爍的紅與白光點，不知何時消失無蹤了。

「哎呀！月娘今天好圓呢。」

發出女性化的感嘆後，朧同學仰望夜空。高掛在空中的月亮，確實是滿盈的圓形，但因外緣的光芒在灰濛濛的天空滲開，輪廓顯得有些模糊。看著朧同學滿懷感激地仰望說不上罕見的滿月，我和他牽著的手感覺快要鬆開了。

我反射性地縮回自己的手。想到朧同學或許不會重新將我的手握好，感到害怕的我，在十根手指頭徹底分開前便自行將它們鬆開。為了避免再次被牽起，我將雙手都插進口袋裡。將手上殘留的些微觸感，封印在洋裝小小的口袋裡。

「是說，我們為什麼要逃走呢？」

「因為，要是跟大哥他們對上眼，就太尷尬了啊。」

「逃走的話也很尷尬啊。」

「啊，對喔……對不起。」

「但這不是你的錯啦。就算沒有對上眼、就算逃走了，在目擊的當下，就已經夠尷尬了。」

「對了，妳剛才說很好吃的那個布丁啊……」

聽到朧同學唐突地搬出布丁的話題，儘管有些詫異，我仍忍不住按住肚子。作為餐後甜點被端上桌的那款布丁，入口即化的程度，足以顛覆我至今累積起來的常識。在有著相同酒窩的母子大力勸說下，儘管很不好意思，我仍吞下三個布丁。

「那是車站附近麵包店的商品。啊，除了麵包以外，現在的麵包店也會賣布丁呢，很厲害吧？而且，有些麵包店的布丁，好像還比蛋糕店的布丁好吃得多喔。就連我母親也說，比起麵包，絕對是布丁比較美味。」

朧同學連珠砲似地聊著布丁的話題，完全不讓我有插嘴的機會。聽著他宛如鳥囀般吱吱喳喳的發言，我突然覺得在馬路上曬恩愛的那兩人怎麼樣都無所謂了。那與我無關，開口批評這件事或是因為這件事受傷，根本是錯的。

「既然這樣，做成布丁麵包販賣就好了嘛。若是如此，妳絕對會很開心吧！每天的午餐時間，妳總是吃麵包吃得很開心。上頭有棉花糖的那種麵包，感覺口感很Q彈，看起來也好可愛呢～」

過去不曾見識過的滔滔不絕，或許是朧同學以他自己的方式在顧慮我的表現吧。光是明白這一點，我就已經沒事，變成無敵狀態了，一瞬間便能重新振作起來。

為了將朧同學說個不停的聲音刻在心底，我對他的每一字、每一句都用力點頭。每當我這麼做，心情就會變得平靜一些，彷彿令人眼花撩亂的這一天只是一場夢。

「然後啊，去那間麵包店的路上，我遇到了帶狗狗出門散步的一位老婆婆。那隻狗狗……啊，是巴哥犬，明明很小一隻卻很愛用力拉扯牽繩，讓那位老婆婆很辛苦呢。後來老婆婆跟牠說『你如果不聽話，我就不買布丁給你囉』，結果啊，那隻巴哥犬真的就沒有繼續拉扯牽繩，老實回到老婆婆的腳邊，而且之後一直表現得相當乖巧。想到那隻巴哥犬原來也喜歡那間店的布丁，還想吃那間店的布丁，我忍不住拜託老婆婆讓我摸摸牠呢。原來不只有人類會迷上布丁啊，好厲害。我覺得很感動喔。」

朧同學以活潑的肢體語言，詳細向我說明老婆婆和巴哥犬的故事，我則是在一旁頻頻點頭。突然，我湧現了「真不想回家」的念頭。不是因為哥哥的事，純粹是不想跟朧同學分開而已。

如果今後也能一直跟朧同學在一起，不知道會是多麼美好的一件事。在高中畢業後，如果還能繼續跟朧同學在一起，不知道會有多麼幸福。懷抱著這種美夢的同時，我發現一個不太對勁的地方。就算以後再也見不到朧同學，在我未來的人生當中，朧同學也會永遠保有「初戀對象」的頭銜。我渴望的是「自己未來也能夠繼續出現在朧同學的人生裡」。因為無法實現的機率很高，我只能強力地這麼祈禱。這是個多麼我行我素又任性的願望啊。

如同跟我的心情同步，周遭變得更暗一些。夜空中的月亮消失了。剛才明明是圓滾滾的滿月，現在卻完全躲到雲層後方，沒有透出半點光亮。泛著夜晚氣息的悶熱空氣纏繞在肌膚上。為了不讓保存在口袋裡的餘溫散去，我重新將手緊緊握拳。

八　讓人焦急的朧同學

在消毒水氣味籠罩下，我打開麵包的袋子。不知道該用什麼表情在鮎子面前咬下麵包的我，選擇裝病躲到保健室的床上。保健室裡異常安靜，實在讓人難以相信這裡和總是吵吵鬧鬧的教室位於同一棟建築物裡。

趁著保健室老師外出，我直接坐在病床上啃起麵包。平常總會讓我想閉起雙眼沉浸在其美妙滋味中的甜蜜蜜黑糖花林糖，今天嘗起來莫名沒有味道。吞下甘納豆司康之後，也只覺得喉頭彷彿被哽住了。在這種時候，還一口氣買了好幾個麵包的自己，真像個笨蛋一樣。我邊這麼想，邊捧起鯛魚燒造型的紅豆麵包，一口氣從頭咬到肚子的部分。

我跟鮎子的個性，其實迥異到無可救藥的地步，就連「吃鯛魚燒時會從頭部開始吃？還是尾巴？」這種常見的二選一問題，我們的答案都不同。

我會從紅豆餡比較少的尾巴開始吃，享受外皮跟內餡的分量慢慢反轉的樂趣。然而鮎子的第一口，竟然不是從頭部、也不是從尾巴，而是從腹部開始。她喜歡從塞了最多紅豆餡的腹部大口咬下，不僅如此，有時還會以吃不下為由，把尾巴的部分留下。對於我從尾巴開始吃的小家子氣理由一無所知的她，只有在這種時候，會露出像個天真少女的笑容，對我說：「來，送禮物給最愛吃尾巴的小春！」

「小春。」

聽到呼喚，我不小心讓只剩下尾巴部分的鯛魚燒造型紅豆麵包滾落白色床單上。身為么女，或許是因為家人和親戚總會以「小春春」稱呼我並百般寵溺，所以，我對別人直接叫我名字的做法沒有抵抗力。至今，像這樣突然直接被呼喚名字的時候，我的肩膀仍會不由自主地抽動一下。

會這樣直接叫我名字的人，就只有鮎子了。而我會以名字直接稱呼的人，同樣也只有鮎子。

我壓低視線轉頭，一如所想，穿著短襪的那雙腳映入眼簾。從短襪中探出的小腿，樸素得沒有任何無謂要素，同時也凝聚了一切必要的要素。能夠把過時的短襪穿成這樣的人，在這個世上，一定只有鮎子了。

「像是刻意瞞著妳，感覺太不舒服了，所以我就老實說吧。」

和我對上視線後，鮎子這麼高聲宣言。她雙手環胸，像是要展示長長的睫毛般抬起下巴，再次張開不自然扭曲的雙唇。

「跟妳之前說的一樣，我確實在跟年紀比自己大的男人交往。」

突然聽到她用「妳」稱呼我，我的鼻腔深處竄起一陣酸麻感。讓我明白直接叫名字這種文化的人，明明就是妳啊，太卑鄙了。不過，鮎子這番唐突的發言，並沒有讓我吃驚。我已經有預感會發生什麼事。因為，總是對著我發亮的那排門牙，今天偏偏頑固地躲在鮎子的嘴唇後方。

鮎子死盯著我，雙眼連眨都不眨一下。一動也不動的那雙眼睛投來的視線，彷彿不停擰著我的肌膚。無法忍受的我以雙手覆上雙頰，揉來揉去地按摩，然而，肌膚的刺痛感並未因此消逝，我也說不出半句回應鮎子的話。感覺被凍僵的內心無法好好運作。看到我沒有移開視線，只是不停搓揉自己的臉，肅殺之氣從鮎子的臉上褪去。

「抱歉，我忘了。妳有好一點了嗎？是說，老師現在不在耶，妳不要緊吧？要我去找她回來嗎？」

鮎子在坐在床畔的我腳邊蹲下，從下方抬頭仰望我。雖然她還是不太眨眼，但我的肌膚已不再感受到痛楚。我停止按摩臉頰的動作，握拳比出大拇指。

「已經沒事了，躺一下之後就變得活力百倍囉！」

「騙人。這樣的話，妳最寶貝的尾巴怎麼會在床單上游泳呢？」

語氣變得有些強硬的鮎子，以右手拯救掉在床上的尾巴，又將左手貼上我的額頭。鮎子的體溫緩緩從掌心傳達過來，這證明了我的額頭比較冰冷。裝病的心虛感一下子高漲起來。

「我真的已經沒事了。」

「是喔。那就好。」

我縮回臉，鮎子也幾乎在同一時間將手抽離我的額頭。為了含糊帶過這個尷尬的瞬間，我乾笑幾聲，伸手將瀏海整理好。但這樣的動作，看起來也像在排斥被鮎子觸摸，最後只是讓保健室裡的氣氛更加惡化。

原本蹲在地上的鮎子，以足以劃破沉重空氣的俐落動作起身。剛才從下方仰望我的她，現在瞇起雙眼俯視著我。

「我正在跟妳哥交往。雖然沒有刻意隱瞞妳的意思，但也沒跟妳說過，所以，我今天只是來確實告訴妳這件事。」

語畢，不等我做出回應，甚至沒有補上一句道別，鮎子便走出保健室。她邁開大步前進的模樣，一如往常地光明磊落。當這個熟悉的背影從我的視野中消失的瞬間，在夜路上交纏在一起的男女身影，再次悄悄在我腦中浮現。那是個跟神聖純潔的保健室十分不匹配的殘像。我凝視著鮎子離開時遞給我的鯛魚燒造型紅豆麵包的尾巴部分，試著以這樣的方式，將她昨晚的身影從腦中驅趕出境。然而，因為尾巴上還殘留著鮎子鮮明的體溫，我的計畫沒能成功。

鮎子在跟哥哥交往。這明明不是什麼壞事，她為什麼要露出那種像是罪人的表情？不知為何，她選擇匆匆從我眼前逃開，讓我連說「哦～你們說不定意外相配耶」笑著帶過的機會都沒有。我最喜歡的哥哥和最要好的朋友兩情相悅，這是多麼美好又幸福的一段緣分啊。儘管如此，心情為何會如此沉重？

母親和哥哥的爭執，激烈到甚至能傳進哥哥房間裡。兩人聽來陌生的尖銳嗓音，從關上的房門縫隙間不斷滲進來，對心臟相當不好。因為很想跟哥哥談一下，放學回家以後，我一直埋伏在他的房間裡，結果被母親搶先了一步。擅自闖進哥哥的房間，結果現在找不到時機離開的我，只能隔著門板豎起耳朵，靜待兩人的紛爭平息。

被安置在桌上、只有一顆頭的派翠西亞小姐，彷彿一直在注視偷聽兩人對話的我，讓我的心情無法平靜。而且，重視形象的哥哥房間裡，充斥著一種類似剛泡完澡的浴衣美人會散發出來的、清爽而甜美的香氣，讓我的鼻子一直癢癢的。

「你給我站住，我的話還沒說完呢！之前，你讓住對面的小奈奈搭你的車對吧？我都看到了喲。」

「所以？看到了又怎樣？」

「什麼叫又怎樣！小奈奈才剛升上國中而已喲，你明白嗎？」

「妳在說什麼啊？因為她來我們店裡，我順便送她一程而已啊。」

「既然這樣，你為什麼要讓她坐在副駕駛座？你多少搞清楚狀況吧，真丟臉！」

「媽，對這件事做奇怪聯想的妳才丟臉好嗎？我那輛車的後座很難坐啊，這點妳也知道吧？」

「因為你一年到頭都在做丟人的事情，別人會做奇怪聯想也是很正常的啊。」

聽到母親意有所指的這句話，我反射性地以雙手掩住派翠西亞小姐的耳朵。任憑我處置的派翠西亞小姐，一如往常以不動的眼睛望向我。儘管覺得自己這麼做很愚蠢，我卻無法將手拿開。

哥哥的臉蛋並沒有特別帥氣，不過，因為造型師的頭銜，再加上他總是把自己打理得時髦搶眼，被他騙去的女孩子很多。我想，哥哥還不至於對小奈奈出手，但我知道他已經準備對小奈奈的姊姊小桃出手了。一如母親的擔憂，哥哥的魔爪伸向小奈奈，恐怕只是時間早晚的問題。

過去，我從不想指摘哥哥濫情的行為。儘管母親總是三番兩次勸誡他，但老實說，我覺得這麼做只會破壞家裡氣氛而已，甚至還希望她不要再開口干涉。但現在情況不一樣了。每個人開口閉口都是戀愛，聽得我都要消化不良了——因為，會讓本應沉浸於愛河中的黏子說出這種話的人，想必就是哥哥。

「我不介意你開車載她回家，但從今以後，只能讓她坐在後座，就算座位比較狹窄也無所謂。明白了嗎？」

「我不會再載她啦。」

不屑的低沉嗓音，伴隨粗魯的腳步聲一同靠近。我按住派翠西亞小姐耳朵的指尖顫抖起來。為了消滅這意義不明的顫抖，我將手抽開。被手汗弄濕而黏在我掌心上的派翠西亞小姐的髮絲，隨著我的動作在半空中飄落。我的腦中浮現在走廊上吹風的黏子側臉。

希望消化不良的症狀可以治好呢——我在內心這麼對假人頭說話時，房門被人用力打開。

「喔，怎麼啦，小春春？妳搞錯房間囉。」

一看到我，哥哥就搖晃雙肩笑著這麼說。那是個開朗到彷彿把剛才的不愉快全都忘在客廳的笑容。我沒能以笑容回應他，只是將持續顫抖的手握拳。

「哥，你是不是有什麼應該跟我說的事情？」

哥哥先是歪頭思考，接著慵懶地把長長的瀏海綁成一束沖天炮。看著他完全坦露在外的額頭，我的視野愈變愈狹窄。

「啊啊，對了！我還沒把這個月的零用錢給妳。」

「不對，我指的不是這件事。」

「咦，怎麼？那妳不要零用錢了嗎？」

「……不要。」

「哎喲，討厭討厭啦，妳在生什麼氣啊～開玩笑的啦，我會給妳的。」

「不需要！」

「好啦～妳冷靜一點。之前送給妳朋友的那頂假髮，其實還挺貴的喲。妳好歹察覺一下哥哥值得讚賞的貼心舉動嘛～」

像是哄小孩那樣撫摸我的頭的手，有著讓人十分不愉快的觸感。他也用這隻手碰過鮎子，而且，想必也同樣碰過很多鮎子以外的女孩子吧。

「不要碰我！」

「噢……這樣啊。我想起應該跟妳說的事情了。抱歉，小春春。」

哥哥舉起手做出投降的姿勢，朝後方退了幾步。他無力地鬆開固定沖天炮的髮圈，胡亂搔著頭。被撥亂的瀏海，遮住了哥哥臉上的表情。

「是鮎子妹妹的事對吧？我沒有要瞞著妳的意思。不過，我確實也沒有好好跟妳報告過呢。因為我工作很忙，妳很早睡但我又晚起，感覺時間老是配合不上。真的很抱歉。」

哥哥像是試圖安撫我似地慢慢開口，說出來的話卻沒有半點說服力。聽到他勉強擠出來的藉口，反而是我感到快要窒息。他的說法跟鮎子一致，彷彿是事先串供好的，讓我聽了很討厭。然而，沒有察覺到我生氣的真正理由的哥哥，更讓我加倍厭惡。此刻，我也才終於明白，遲遲無法平靜下來的顫抖絕對是源自於怒氣。

「要跟鮎子交往的話，就不要再跟其他女生搞曖昧了！」

「沒有啦，小春春。我跟小奈奈真的什麼都沒發生，是媽媽自己亂想像而已。」

「我又不是在說小奈奈。除此以外，你明明做了一堆虧心事，為什麼還能表現得這麼泰然自若啊！對未成年的女孩子出手，真令人難以置信！差勁！齷齪！非人哉！笨蛋！笨蛋笨蛋！笨蛋笨蛋笨蛋！」

原本想把哥哥徹底臭罵一頓，我卻無法繼續說下去，只能一直重複「笨蛋」兩個字。這個世上，明明還有無法隨心所欲談戀愛的人，明明還有將自己視為變態、連自己都無法好好愛的人。已經兩情相悅，卻總是為消化不良的感覺困擾，這種事情一定是錯誤的。

「哎呀哎呀哎呀，兄妹吵架？還真難得耶～」

我的「笨蛋」連發攻擊，被一個活潑的嗓音打斷。不同於這句發言，從房門後方探出半張臉窺探我們的母親，雙眼看起來閃閃發亮。看來，母親似乎也把方才的情緒遺落在客廳。

「不是吵架，是我單方面被說教而已。」

「哎呀，這樣嗎？那你要好好跪坐在這裡才行。然後呢，小春春要像這樣站在哥哥面前。不對不對，妳要更高高在上地抬頭挺胸……哥哥，你這樣也不行吧，要更愧疚地垂下頭啊。對對，做得很好、很好。好啦，那就重新開始說教吧！」

喜孜孜地對我們下達指示後，母親拍了一下手，催促我們進行第二回合。被稱讚「做得很好」的哥哥深深垂著頭，身影看起來變得很渺小，散發出某種讓人想替他披上一件毯子的悽慘氛圍。我感到有些脫力，在母親指點下雙手扠腰、不可一世的站姿，也跟著輕易瓦解。

「算了。」

「哎呀，很可惜耶，這種機會可不多呢，快把妳心裡想說的話都說出來吧。」

「我剛才已經全都說出來了，所以夠了。」

「真的嗎？因為哥哥老是做一些會讓人埋怨的事，應該沒辦法在那麼短的時間內抱怨完吧？」

「沒關係了，真的。」

「小春春好溫柔喔～但老媽就很得理不饒人。」

「不想讓溫柔的小春春繼續討厭你的話，你可得振作一點才行喲。」

母親彷彿看穿了一切的這句話，讓我聚集在腦部的血液開始正常地流回身體各處。

「我想起來我要對哥哥說什麼了，還是給我零用錢吧～」

平常，鮎子總會等動作比較慢的我換完衣服，今天卻不一樣。速速換上運動服之後，她便一個人快步走出更衣室。我們倆明明都沒有做什麼壞事，尷尬的氣氛卻一直介入彼此之間，讓我們無法好好相處。在保健室的那段短短交流，彷彿讓整個世界為之一變。

我就這樣蹺掉了體育課。因為少了催促我「動作快」的人，我沒能趕在上課前換好衣服。我以上半身運動服、下半身制服裙子這種不上不下的打扮衝出更衣室。我不想一直待在這個被獨自丟下的地方。

「小春春？」

在走廊上衝刺的我，沒有漏掉這個宛如幻聽的輕喃。在大腦判斷出聲音的主人之前，我便停下腳步。因為緊急煞車而上半身往前傾的我，站穩腳步向後轉，在約莫我的短腿走六步的距離外，發現倚在窗框上、身材依舊纖瘦的朧同學。

雖說我剛才埋頭衝刺，但竟然會連經過朧同學身旁都渾然不覺，真是太大意了。看樣子，我的腦袋似乎淨是在思考鮎子的事情。

「嚇我一跳。」

他主動向我搭話，我其實很開心，卻只能回以這種當下想到的台詞。因為已經習慣在學校時被朧同學當成陌生人的相處方式，這一刻，比起喜悅，我反而更吃驚。

「我才嚇了一跳呢，因為妳穿成這樣狂奔啊。」

「啊，這是因為……我來不及換上整套運動服，所以乾脆蹺掉體育課，結果不小心就穿成這樣跑出來。」

「小春春，妳一定是會直接在睡衣外面套上制服，就這樣來上學的類型吧？」

讓人脫力的慵懶鼻音，滲進我焦慮暴躁的心。朧同學竟然拋開平常那種相敬如賓的態度對我微笑。因為感動過頭，我覺得眼皮一陣溫熱。我用力眨了眨眼，試著將剛才捕捉到的貴重笑容收進眼皮內側。

「朧同學，你向老師請假了嗎？我記得男生今天是上游泳課吧？」

「我也只是單純蹺課而已。」

「難道你是旱鴨子？」

「唔～也不是啦……我有點抗拒跟大家一起換衣服或是穿上泳褲呢。不過，裝病的做法可能也已經到極限了。對老師來說，進入夏天後，我就一直在感冒呢。」

「不然，說你的皮膚比較敏感如何？你看起來也有這樣的感覺嘛。如果跟老師說『泳池裡的氯，會讓我的皮膚過敏潰爛』，就能比感冒休息更長一段時間囉。」

「哇，太棒了！小春春，妳好像裝病請假的專家喔。」

被朧同學瞪大而圓滾滾的雙眼注視，我不由得再次用力眨眼。我不是裝病請假的專家，而是戀慕朧同學的專家才對。深愛朧同學一切的我，無論是什麼藉口，都能輕鬆捏造出來。

「不過，這樣看上去感覺好涼快呢，一定很舒服。啊啊～我也好想加入喔，真懷念游泳池的味道。」

我悄悄湧現的自戀想法，被朧同學戀戀不捨的嗓音打斷。他的視線落在反射陽光而閃閃發亮的水面上。從這扇窗戶，可以遠眺位於校園一角的整座泳池。儘管清涼的游泳池看起來很有魅力，但因為現在無論是泡在池裡，或是在池畔跑來跑去的，清一色都是男孩子，所以也有點臭臭髒髒的感覺。我將穿著制服的朧同學，從腳趾到髮旋徹底打量了一番，試著想像他穿上泳褲的模樣。他的身體想必比其他男孩子來得白皙而纖細吧。要加入那群男生之中，的確太折磨人了。

「啊，是小鈴！」

朧同學的嗓音變得高亢。他從窗戶探出上半身，伸手指向泳池。注視著鈴木同學的那雙眼，慢慢睜得愈來愈大。雖然很想繼續看著朧同學雙眼發亮的表情，但我仍慢吞吞地將視線移往泳池。要是能用右眼看著朧同學、用左眼看朧同學所看的東西，不知道會有多方便。

站在池畔跳台上的鈴木同學，身上的曬痕清楚到令人發笑的程度。或許是因為從遠處眺望的緣故，他的身體看起來格外顯眼。他彎下曬得不均勻的身體，躍進池裡濺起大量水花後，以強而有力的自由式，接二連三超越其他水道的學生，一下子就抵達對岸，然後又以水聲幾乎能傳到這裡來的一個豪邁迴轉游回起點。

「他還是老樣子，很厲害呢，每次都可以不用換氣就一路游到終點喔。」

這麼說的時候，朧同學的鼻孔微微張大，看起來好像在自誇。不擅長換氣的我，不但換氣時無法順利吸到空氣，還經常會嗆到水，每次大概從起點游不到十公尺就放棄了，所以，也確實覺得鈴木同學很厲害。不過，就算跟朧同學說這些，雙眼直盯著泳池的他，大概也只會左耳進右耳出。因此，在鈴木同學游完之前，我打算保持沉默。

然而，在鈴木同學抵達終點前，朧同學便率先開口：

「對了，妳跟川島同學怎麼樣了？在那之後有說到話嗎？」

雖然眼睛仍盯著鈴木同學，但朧同學將臉微微偏向我。那是個讓人聯想到老舊電風扇的緩慢動作。我連忙將視線移往泳池。游回起點的鈴木同學爬上岸了，他看起來沒有一絲疲憊，一如我所想地再次濺起驚人水花。真是個靜不下來的人。

「她突然來找我，然後大剌剌地宣布：『我現在在跟妳哥交往。』還是在被我們目擊到的隔天。」

「那妳怎麼回答她？」

「我什麼都說不出口。因為，單方面宣告完畢後，鮎子馬上就逃跑了。好歹也聽我說一句發現這段地下戀情後的感想嘛。」

「原來如此。所以，妳們倆最近的感覺才會有點怪怪的嗎？」

「嗯。不只是有點呢，其實超級尷尬的。」

「希望妳們能早日恢復原本的關係。看到坐在隔壁的妳臉上沒有笑容，我也莫名覺得落寞呢。」

他究竟是以什麼樣的表情，說出這種足以讓人心跳停止的發言呢？我不禁將視線從泳池上移開，然後用力屏息。明明眺望著波光粼粼的水面，朧同學的瞳孔卻是一片漆黑，看起來真的有些落寞。

變得更想念鮎子的我咬住下唇。有種怪味道，彷彿是防曬乳塗到嘴唇上的感覺。

九 水手服與朧同學

今天的點心是母親親手打的檸檬冰沙。嘗了一口這應我臨時的要求而完成的點心後，我為自己沒有在中途試吃一事懊悔不已。酸溜溜的滋味，讓我的臉頰僵硬到發疼的程度。雖然要求母親不要加糖的人是我，但我沒想到最後的成品，竟然會百分之百只有酸味。

「朧同學，你不用勉強吃掉它喔。」

「我沒有勉強啊，很好吃呢。」

「比起冰沙，還是吃你帶來的蜂蜜蛋糕吧。」

「蜂蜜蛋糕就給妳吃吧，我會把伯母打的冰沙吃完。」

「別吃了、別吃了。要是吃下這種東西，胃會出問題的。這種酸度絕對會對身體造成不好的影響呢。」

「那把它加進紅茶裡喝喝看好了。會變成檸檬紅茶呢。」

「並不會！只會讓難得泡好的紅茶變成一杯酸溜溜的液體啦。」

「沒這回事的，很好吃啊。嗯，很好吃……不過，我還是再倒一杯紅茶好了。」

「真是的！要是吃壞肚子，我可不管你喔。」

我無視這個努力試著吃完冰沙的溫柔騙子，自顧自地將蜂蜜蛋糕塞進口中，藉此中和口中的酸味。儘管誇張地喊出「嗚哈～真是人間極品」來強調蜂蜜蛋糕的好滋味，朧同學卻仍只顧著應付冰沙，完全不打算從那個酸溜溜地獄爬出來。至於滿溢到幾乎可以用來觀察表面張力的紅茶，他也是帶著滿面笑容啜飲。

那張和酸味苦戰的虛弱笑臉，讓我看見了朧同學的生活態度。他就是這樣，勉強自己跨越許多事情活到現在。馬上向甜蜜的蜂蜜蛋糕求助的自己，突然讓我覺得有些難為情。儘管如此，我接下來放進口中的，依舊不是酸到不行的冰沙，而是香甜的蜂蜜蛋糕。

「那個啊，小春春，我有個這輩子唯一的請求。」

聽到朧同學一本正經的嗓音，我將視線從蜂蜜蛋糕上抬起，才發現他的臉靠近到讓人心慌的程度。竄進鼻腔的強烈檸檬香氣，讓我忍不住別過臉去，朧同學卻又繞到我的正面，直直凝視著我的臉。試圖再次轉頭的時候，朧同學以雙手止住我的動作。

他捧住我的臉頰的力道並不強，卻讓我無法動彈。

「這是我這輩子唯一的請求。」

「這句你剛才就說過啦。是什麼請求？」

「在告訴妳之前，妳先答應我絕對不會笑我。」

「你要把這輩子唯一的請求，用在有趣到會讓人笑出來的事情上嗎？什麼什麼？是什麼請求？」

「妳先確實答應不會取笑我，不然我不說。」

「知道了、知道了，我不會笑你的。」

「真的嗎？絕對喔，絕對不可以笑我喔。」

「嗯，絕對，我絕對不會笑你。」

「那我要說囉。雖然我也覺得很丟臉，但我要說囉。」

雖然嘴上這麼說，但朧同學的嘴唇只是忙碌地重複張開又闔起的動作，遲遲沒有說出他的請求。原本捧著我的臉頰的手指慢慢抽離，靠近到讓我誤以為他要吻我而小鹿亂撞的這段距離，也一下子被拉開。

臉頰重獲自由後，我以第三口的蜂蜜蛋糕來滿足它。朧同學的茶杯不知何時已經空了。我品嘗著或許是朧同學為了這輩子唯一的請求，特地為我獻上的蜂蜜蛋糕，靜靜等待那令人憐愛的鼻音再次傳入耳裡。

不知道會聽到他說出什麼的期待與不安，讓我的味蕾變得遲鈍，感受不到蜂蜜蛋糕的甜味。如果是現在，我說不定能解決母親打的冰沙了——在我思考這些的時候，朧同學突然劈里啪啦地迅速說完他這輩子唯一的請求。

「可以讓我穿穿看妳的制服嗎？只要一次就好了。」

愣在原地的我，看著朧同學在眼前做出完美的跪地磕頭姿勢。原來如此，這的確是值得賣關子半天的請求。這個「人生唯一的請求」，完全超乎我的想像。無視我傻眼的反應，朧同學抬起頭，像是決心豁出去似地繼續往下說。

「因為，水手服真的很可愛對吧？鮮紅色的領巾、輕飄飄的裙襬，都是完美至極的設計呢。還有領口那樸素的深藍色，我也好喜歡喔～可以把鮮紅色的領巾襯托得更亮眼呢。」

看著朧同學那雙完全不打算隱藏欣羨之情的閃亮眼睛，我將來不及嚥下的蜂蜜蛋糕默默含在口中。讓朧同學以這種表情注視的，並不單是水手服，而是穿上水手服的我。

為什麼朧同學沒能生為女兒身呢？直到這一刻，我才第一次在心中感嘆這個朧同學或許已經重複過千萬次的理所當然疑問。

「好啊。你不嫌棄我的制服的話，要借你穿幾次都沒問題。」

朧同學以手掩住嘴角，整個人僵住。嘴裡還塞著蜂蜜蛋糕的我說出的這句話，讓他完全發不出聲音。在選美比賽上贏得冠軍的少女，都會以這樣的方式來表現自己又驚又喜的心情。這個一輩子唯一的請求是如此懇切，怎麼會有人取笑呢？

＊

「久等囉，可以進來了。」

聽到這個告知已經換裝完畢的細微嗓音，我輕咳一聲後打開房門。儘管太陽還沒下山，窗簾全數掩上的室內卻顯得相當昏暗。在四方形窗框後方浮現的窗簾上頭的雲朵圖樣，看起來帶點異空間的感覺。而背對窗簾直立，變身為女高中生的朧同學，看起來更像是一名虛構的人物。

些許的膚色從水手服上衣的下襬探出。除了看不見脂肪或肌肉的平坦腹部以外，還可以看到形狀有些凸的肚臍。我的尺寸對他而言果然太短了。裙子的長度雖然恰到好處，但坦露在外、白得不太健康的雙腿，即使在昏暗的房間裡，腿毛仍清晰可見。不過，他胸口的領結打得遠比我來得好看，讓我莫名鬆一口氣。

「對不起喔，花了一點時間。」

向我深深一鞠躬之後，朧同學抬起頭，若無其事地將垂在臉上的髮絲撥開。出現變化的不只是服裝而已。他的臉上了妝，頭上則是那頂熟悉的米黃色假髮。雖然妝容比哥哥幫他化的遜色很多，我卻大受感動。這就是現在的朧同學竭盡所能的模樣。因為我深深了解這一點，更覺得這樣的他加倍讓人憐愛，就像看到外國人拚命用破破的日文跟自己溝通那樣的感動。現在的朧同學，甚至不輸給穿著同樣款式的制服、班上第一美女的及川同學。

「不好意思，能拜託妳再借我一雙襪子嗎？」

原本打算說出口的讚美，被朧同學另一個小小的請求推回肚裡。他在胸前雙手合十，包覆在白色男用短襪下的腳趾，害羞地彼此搓來搓去。

說完「等我一下」之後，我開始翻找衣櫃抽屜，卻找不到半雙拿給朧同學穿也不會丟臉的漂亮襪子，全是已經被我穿得鬆鬆垮垮、就算哪天破洞也不奇怪的舊襪子。

煩惱到最後，我選了一雙比較看不出劣化痕跡的黑色長襪。我將它遞給朧同學，暗自祈禱這雙襪子可以順便幫他遮住腿毛。

「這雙借你穿。如果太緊的話，就請你忍耐一下囉。因為我的腳很小。」

「那我穿過以後，會不會把它撐得太大啊？」

「不會不會，反正我的小腿絕對比較粗嘛！」

「跟我比的話，每個人的小腿都很粗啊，畢竟我瘦得像竹竿一樣嘛。」

朧同學以相當嚴肅的表情，否定了我說自己腿粗的發言。原本覺得這種時候他沒必要如此顧慮我的感受，但我因為這個不尋常的狀況而緊繃的情緒，確實因此放鬆了一些。恢復平常心的我，在一旁看著朧同學穿襪子。他細心將小小的襪子撐開，再慎重地將腳趾探入。看起來略微痛苦的表情，讓我感到幾分心疼。這個世界非男即女的二分法，肯定讓他喘不過氣吧。

「好，穿好了。」

我的擔憂是多餘的，朧同學看起來心情極好。為這一身大功告成的水手服深感滿意的他，對倒映在鏡中的自己露出害羞的表情。在我的堅持下，長襪果然和水手服比較相配，腿毛也幾乎看不見了。

「會不會有點奇怪啊？嗯～不過，好像也沒有我想像中的那麼奇怪呢。」

朧同學的語氣輕得像是在詢問鏡中的自己。他不時換個方向照鏡子，仔仔細細檢查全身上下。比起髮型和妝容，頻頻確認裙子高低位置的他，似乎更在意身上這襲水手服。

「嗯，不要緊，一點都不奇怪喔。」

「……謝謝妳，小春春。託妳的福，我感覺終於能稍微喜歡上自己了。」

明白朧同學果然一直不喜歡自己之後，我突然覺得胸口深處好像石化了。朧同學明明是這麼迷人啊，該怎麼做才能向他本人證明這一點呢？

「這身打扮真的非常適合你喔。」

看著朧同學不安地下垂的眉毛，我懷著像在祈禱的心情，再次道出相同話語。對我回以一個虛弱的微笑後，朧同學像是終於下定決心，長長地嘆了一口氣，然後離開鏡子前方。眉毛恢復到正常高度的他，以平靜的語氣輕聲表示「那我們走吧」。因為他的語氣太過自然，我沒能道出「要去哪裡？」這個疑問。

還在做最後掙扎的太陽，讓外頭世界籠罩在強烈的夕陽餘暉中。平常那熾熱到讓人喘不過氣的橘紅色落日，今天卻令人喜愛，因為它能把一切都塗上相同顏色。就連充斥在這一帶的空氣，感覺都被染成夕陽的顏色。而將夕陽色的空氣吸進體內的我，彷彿也被染成相同色彩。如果這溫暖的顏色能夠填滿身體內部，順便驅逐籠罩著朧同學內心的灰濛濛霧氣就好了。

距離我家很近的這條商店街，一如往常散發著傍晚時分的熱鬧氣氛。手上提著購物袋的家庭主婦、剛下班的上班族、在書店站著看書的學生、聚集在懷舊零食店裡的孩子、在長椅上休息的銀髮族夫妻，我以眼角餘光掃過這些人，邊前進邊向朧同學介紹我常去的店家。然而，這樣的行程進行得並不順利。被夕陽餘暉籠罩的這片街景，看起來彷彿是完全陌生的場所，我有種誤闖復古照片裡的感覺。總之，打從踏出家門後，我的心便一直忐忑不安。

朧同學並沒有什麼想去的地方，只是想以精心打理過的這副模樣走在街頭。儘管我一直為「遇到熟人該如何是好」而緊張得要命，頂著米黃色鮑伯頭假髮的朧同學，卻仍一如往常地挺直背脊，以較小的步伐前進，彷彿整個人都在訴說平常的男裝才是不自然的打扮。

「那邊那間便當店，是被我們山本家指定的豬排咖哩便當店喔。然後那間麵包店的甜奶油麵包超級好吃。到了夜間時段還會打八折，很划算呢。」

「真的耶，有好香的麵包味傳來。」

「就是說啊。因為四面八方都會有好吃的味道飄來，每次來這裡都會愈逛愈餓，很傷腦筋呢。啊！我推薦那間日式甜點店的黑豆糯米糰子。然後旁邊那間咖啡廳的厚鬆餅口感非常鬆軟喔。另外……對了對了，這間熟食店的拔絲地瓜超讚！」

「小春春，妳從剛才推薦到現在的，全是食物相關的店家耶。」

朧同學以捏在右手的蕾絲手帕掩住嘴角，發出「唔呼呼」的優雅笑聲。換上水手服而發出動人光芒的朧同學，無論從三百六十度的哪個角度觀看，都足以讓我心頭一緊，心跳加速到令我隱隱作痛的程度。身為男孩子的朧同學，此刻已不復存在了。

一陣風吹來，朧同學以極其自然的動作按住頭髮和裙襬；擦汗的時候，則是將手帕輕輕按壓在臉上；看到路上的小狗，他以併攏的手指低調地朝牠揮揮手。朧同學的一舉一動，都十足像個女孩子。不是我偏心，他看起來真的楚楚可憐。

「還有啊，那邊那間蔬果店！如果跟老闆猜拳贏了，他會多送你一條小黃瓜喔！」

「哦～感覺好有趣呢，像夜市裡賣巧克力香蕉的攤販那樣。」

「……不過，小黃瓜也是食物的一種。這麼說來，我好像真的只熟悉食物相關的店家而已。像那邊的電器專賣店，我連一次都不曾踏進……」

就在我挺直背脊，伸手指向電器專賣店的藍色招牌這麼說明的時候——

「哇，是人妖耶。」

「嗚哇！好噁！」

在活力四射的喧囂之中，我清楚聽到自己的心臟重重跳了一下的聲音。那是個沉重而混濁、類似鍋子裡的食物煮滾時不斷冒泡的聲音。

我隨即環顧周遭。那是一對年輕男女的嗓音。然而，看在我眼裡，每個人臉上彷彿都掛著企圖中傷朧同學的惡毒表情，所以也不知道該對誰怒目相視才好。因為眼球過度使力，眼前的街景以飛快的速度開始旋轉。滿腔的熊熊怒火，讓我感受到自己的表情正在扭曲。臉頰不停抽搐，連帶嘴唇也跟著顫抖。

朧同學停下腳步，在原地垂下頭望著地面。因為垂著頭的緣故，在尺寸過小的水手服之下，他發達的肩胛骨明顯突起。他杵在原地，以失去光芒的一雙眼睛死盯著腳尖。

我不禁詛咒起自己跟朧同學的身高差。即使他垂下頭，矮小的我依舊能清楚看見他臉上的表情。儘管雙唇緊閉，喉結卻忙碌地蠢動。朧同學的表情，悲痛到令人擔心他會不會在這裡咬舌自盡。

將視線往下後，我發現那雙黑色長襪因為脫線而破洞了。要是我能借朧同學一雙更完好的襪子，或許就不會發生這種事。

——哇，是人妖耶。

——嗚哇！好噁！

奪走朧同學笑容的這兩句無心發言，一直纏繞在鼓膜上。明明都事先拜託我不要取笑他了。被困在男人與女人之間的模糊地帶，但沒有因為這樣就放棄，努力追尋自己真正模樣的朧同學。然而他被迫承受的，偏偏是要笑不笑的戲謔。

無論是朧同學或是生下朧同學的伯母，他們都沒有錯。所以，沒有任何人能夠責備朧同學。然而，總是獨自默默承受煎熬的他曇花一現的笑容，卻這麼輕易就被奪走了。對於這樣傷害朧同學的這個世界，我感到十分噁心。

「朧同學！你幹嘛露出這種沒出息的表情啊！像平常的你那樣挺直背脊啊！來，

好好看著前面！」

面對眉毛下垂得不能更低的朧同學，我卯足力氣朝他的背用力拍一下。緩緩挺直背脊、抬起頭的朧同學，臉上已經沒了自卑的表情，我卻不甘心到門牙緊緊咬住下唇、無法放開的程度。那麼燦爛的笑容，竟然被不知道算哪根蔥的陌生人的兩句話輕易奪走，我怎麼樣都無法原諒這種事。

「等……等等，等一下，小春春！等等，等等啦！」

我沒有打算要去哪裡，朧同學卻拚命要我等等。

「為什麼？怎麼是妳在哭呢？」

朧同學自顧自地驚慌失措。我用力閉上雙眼，將淚水從眼眶裡擠出來。然而，接著湧現的眼淚，隨即又填滿眼眶。無法壓抑的無力感，不爭氣地不斷從臉頰滑落，怎麼也止不住。我吸了吸鼻子，盡可能以淡漠的嗓音開口。

「還不是因為你露出那樣的表情。」

其實我很想說出安慰的話，卻擠不出半句體貼的發言。因為這樣一來，不就好像在用「我因為心疼你而哭泣」這樣的理由，強賣人情給朧同學嗎？

「對不起，都是我害的。這是我第一次交到女性朋友，所以每天都好開心，想著要跟朋友一起逛街，一個人樂過頭了。不過，已經不要緊了。不管被別人怎麼說，我都不會在意！放馬過來啦，別笑掉老子大牙了！」

朧同學不畏他人的眼光，以充滿男子氣概的沙啞嗓音大吼。他使出渾身解數逞強的表現，反而讓我的眼皮變得更沉重。原本塗上粉色口紅的嘴唇，現在卻變成紫色。他顫抖著色澤不健康的唇瓣，探頭過來望向我的臉，輕聲表示：「所以，妳別哭了。」這雙溫柔慈悲的眼眸，到底哪裡噁心了呢？

「這不是你的錯。我也是每天都很開心啊。」

「謝謝妳……啊啊，我這樣不行呢，得變得更堅強才行。」

朧同學抿著嘴笑道。不知是不是因為用力咬著臼齒，相較於唇瓣描繪出來的柔和曲線，他的臉頰顯得很僵硬。這個強力擠出來的笑容，看起來絕不弱小。

朧同學明明沒有任何錯，若是這個世界能變得更溫柔一點就好了。為什麼只有朧同學非得遭遇這種事不可？

內心的憤怒、不甘和悲傷全都混在一起，眼淚也只是加速溢出。在模糊的視野中，商店街被橘紅色的大洪水淹沒。朧同學已經完全恢復成平常那種泰然自若的模樣，感覺只有我獨自被留在淚水淹沒的街道。

朧同學朝我遞出的蕾絲手帕，有著男性的汗臭味。我將手帕壓上鼻子，內心默默湧現「我要讓朧同學變得更像女孩子。一個不會再被任何人訕笑的女孩子」這樣的想法。

十　朧同學就是朧同學

我因為他人的存在感而醒來。維持躺在床上的姿態轉過頭後，一個拱起背的身影映入我朦朧的視野中。哥哥盤著腿，以上半身往前傾的坐姿打電動。以為看錯的我眨了幾下眼睛，但哥哥的身影仍沒有消失，繼續在那裡默默按著搖桿的按鈕。雖然聽不到電視的聲音，但不斷切換的畫面光亮讓人很煩躁。從窗簾縫隙透進來的陽光泛著紅色，看來現在才剛天亮。

「喔，妳醒啦，小春春。早安！」

我撐起身體後，原本專心盯著電視畫面的哥哥轉過頭來。感覺像是在等我起床的他，原本面無表情的那張臉恢復了生氣。我無視哥哥的滿面笑容，打了一個大大的呵欠。因為剛醒來，腦袋仍是未開機的狀態。想到得在這種情況下，跟雙眼充滿活力而閃閃發亮的人對話，就讓我有點疲倦。

「你一大早在別人房間裡幹嘛？」

「我在練等。」

「你幹嘛擅自鍛鍊別人的角色啦？」

「我幫妳賺了不少錢，所以買好一點的裝備給主角吧。竟然只有同伴穿著高級裝備，我看到的時候都笑出來了。」

「你幹嘛擅自檢查別人的角色裝備啦。」

「只有主角動不動就變成瀕死狀態，任誰都會很在意吧～妳給魔法師裝備的武器，為什麼比勇者拿的還要好啊？讓沒有力量的魔法師拿強力的武器，也只是浪費而已吧～」

「因為掌管錢包的人是勇者啊，這樣怎麼好意思先買自己的裝備呢？所以，我讓他刻苦地用伙伴的二手裝備。」

「妳這是什麼錙銖必較的冒險啊……」

「你很囉唆耶～要怎麼玩是我的自由吧。」

雖然還沒聽到哥哥最關鍵的答案，但畢竟才剛起床，所以我依舊跟他聊了幾句沒營養的對話。我爬下床，從哥哥手上把搖桿搶走。上頭還殘留著哥哥的手溫。他是從什麼時候開始窩在我的房間裡？畫面中的勇者已經升了七級，總財產也增加了一位數。

我拉開窗簾，朝陽灑在哥哥的臉上。

「所以，你找我有事嗎？」

「噢，對對對，我終於上繳年貢（註3）了呢。」

「這款遊戲沒有年貢制度啊。」

「不，我不是在說遊戲，是哥哥我上繳了年貢。」

「哥，你是哪個時代的人啊？」

「不管怎麼看，都是不折不扣的現代人吧？哎呀，不是啦，該怎麼說呢……我之前不是被妳罵到臭頭嗎？在那之後，我就覺得自己差不多該把年貢繳清了，所以……該說是洗心革面了嗎……」

像是要掩飾自己支支吾吾的表現，哥哥再次將手伸向搖桿。被我阻止後，不知該往哪去的手指，開始有節奏地敲打他的嘴唇。這是哥哥菸癮發作時的表現。

「我的腦袋不聰明，不懂你說的『年貢』是什麼意思。」

「知道了，我就明白說出來吧。我會照妳所說的，不再跟其他女孩子搞曖昧！之後，哥哥心裡就只有黏子妹妹一個人！我會超級珍惜她！」

哥哥的語氣跟說話方式突然變得很幼稚，只剩臉上的表情超級認真。不過，他的手指仍渴求著菸草。

「鮎子在髮廊堅持說要付錢的時候啊，我就迷上她那種完全不肯讓步的固執個性。而且，我們有一個很大的共通點，就是兩個人都最喜歡小春春啊！所以，我們很談得來呢。能跟我一起聊妹妹的女朋友，就只有鮎子而已啦。她讓我著迷到神魂顛倒的地步呢。」

我根本沒問，哥哥卻一五一十地招供，最後還直接以鮎子的名字叫她。這樣的話，之前刻意以「鮎子妹妹」稱呼，不就只是欲蓋彌彰而已嗎？要不是剛起床、腦袋還迷迷糊糊，這些話絕對會讓我難為情到無法好好聽下去。像是為了掩飾害羞的反應，哥哥匆匆起身，將我剛拉開的窗簾再次闔上。

「抱歉，在妳睡覺的時候擅自闖進來。現在時間還早，妳可以再睡個回籠覺。等時間到了，我再來叫妳起床。」

「沒關係啦，我已經清醒了。我要去買裝備。」

註3：日文諺語。意指清算自己的過往，邁向新的階段。

就算再次拉上窗簾，聽了剛才那些話，我怎麼可能睡得著。我重新握好從哥哥手中搶走的搖桿，帶領勇者一行人走向武器防具店。儘管才過一晚就變得極為強大又超級有錢，但一行人並沒有因此自鳴得意，只是在常去的店家門口乖乖排成一直線。要買齊一整套裝備嗎？不過到了新的城鎮，或許能買到更高級的裝備呢。我在武器防具店裡東看看西摸摸卻什麼都沒買的時候，一個活潑的嗓音打斷了我。

「喔，對了！」

原本正打算離開我房間的哥哥，以輕快的動作轉過身來。很難想像他是剛才駝著背打電動的那個人。

「妳那個人妖朋友之後怎麼樣了？過得好嗎？」

哥哥以樂不可支的語氣，輕易道出我最厭惡的名詞。我不知道該怎麼壓抑在腹部深處不停打轉、蠢動的這股感情了。

「你說誰是人妖？就算是哥哥，我也不准你用這種說法！」

被怒氣支配的我，將手上的搖桿狠狠甩向哥哥。砸中哥哥的手肘後，搖桿掉在遊戲機上。遊戲畫面停住了。增加的等級、金錢、以及哥哥臉上的表情，都在同一瞬間消失。

雖然明白哥哥沒有惡意，然而，我無力阻止在心中盤旋醞釀的憤怒傾洩而出。人妖、男同志、男大姊，LGBT、跨性別者、性別認同障礙，無論是哪個詞彙，我都無法好好消化。我不想思考朧同學符合這些詞彙中的哪一個。根本沒有必要以這樣的詞彙來定義朧同學。因為，朧同學就是朧同學啊。

「好過分，說他是人妖真的太過分了。朧同學明明那麼痛苦，你竟然把他說成這樣！有夠差勁！真是難以置信！」

「不是、不是啦！我不是抱著戲謔的心態這麼說……」

「不然你是什麼心態？是用什麼心態，把朧同學說成人妖？」

「對不起，小春春，是我錯了，真的很對不起。」

慌慌張張朝我低頭賠罪的哥哥，不顧自己被搖桿砸到的手肘，反而不停輕撫我的背。發現他的手肘慢慢變成看了就很痛的顏色，我開始搞不懂自己變得如此怒不可抑的原因。

盤據在我內心深處的，是即使發洩在哥哥身上也沒有意義的巨大怒氣。我很明白這個世上充斥著數也數不清的不公平。雖然明白，但又為什麼會這麼不甘呢？想要大喊的衝動，為什麼遲遲無法平息？

因為無法順利呼吸，喉頭發出了很愚蠢的怪聲。聽到這個聲音，原本輕撫著我背部的那隻手，改為像在哄小孩睡覺般的輕拍。來自喉頭的怪聲沒有止住，就像是雙眼明明已經乾澀到發疼的程度，卻還是不停哭泣的那種沒出息的聲音。我配合哥哥輕拍背部的節奏，抽抽噎噎地道出內心的疑問。

「為什麼朧同學非得遇到那種事不可？為什麼老天爺要做出這麼過分的事情？」

「我覺得並不是因為老天爺壞心眼才會做出這種事喔。或許是有什麼地方出了錯吧……不，不對。這個世上沒有任何人是因為出錯而被生下來的。小椿可不是這樣。唉～我果然很不可靠呢。」

哥哥的嗓音中透出自嘲，但他的掌心傳來的節奏感依舊。

「哥，對不起。你的手肘沒事吧？痛不痛？」

「妳不需要道歉啦，小春春。是我不對，真的太差勁了。我總是缺乏體貼他人的那顆心呢。」

聽著哥哥像是自言自語的發言，我感覺到肚子深處慢慢變得冰冷。體貼他人的心，究竟是什麼呢？我一面感受身體逐漸降溫的變化，一面思考這個問題。

哥哥指導我如何好好呼吸的那隻手，同時是把朧同學變成女孩子的魔法之手。倘若那是一隻不懂得體貼他人的手，朧同學就不會那麼開心了。儘管如此，哥哥卻說自己缺乏體貼他人的心，而我不分青紅皂白地怒罵了這樣的哥哥。

缺少最重要的東西的人，其實是我才對。

我再次穿上朧同學昨天套上的那件制服。因為今天起得太早，我的眼睛下方浮現一片黑暈。不過，我仍順利抵達了學校。領巾的結打得很隨便，從袖子探出來的手臂圓滾滾的，從裙子下方露出的膝蓋也滿是蚊蟲叮咬的醜陋痕跡。

然而，沒有一個人嘲笑這樣的我。這樣絕對是錯的。

這天早上，朧同學看起來一如往常。儘管有些懷疑，但我沒有查明真相的方法，視線一整天都不曾交會的我們，就這樣迎來了放學時刻。我從教室的窗戶眺望朧同學穿越校門的身影。在他的身影完全從視野中消失後，我才不甘願地將視線拉回桌子上方。我盯著補考用的考卷，想起朧同學和鈴木同學在放學時的對話。

『今天也好熱喔，回家後來做水羊羹好了。』

『你的興趣也太老氣了吧，至少吃個冰啊。是說，幹嘛特地自己做啊？用買的啦。』

『自己做的比較好吃啊，而且做的過程很有趣。』

『你的放學後……也太缺乏讓人怦然心動的要素了。』

朧同學的發言，感覺是若無其事向我發出的暗示，讓我很開心。我會在家裡做完水羊羹，再前往妳家，所以請妳先慢慢應付補考吧——那段稀鬆平常的對話，聽在我耳裡是這樣的意思。我的心因為水羊羹雀躍不已，甚至忘了埋怨讓我倆只能用這種迂迴方式聯繫的距離感。

得快點寫完考卷才行。我以雙手撫平試卷上的皺折，逼自己打起精神。然而，無論振作多少次，我的筆都不願意好好工作。有兩個不適合這種場合的人物，不停分散我的注意力。因為我坐在最後排的座位，即使不情願，也無法阻止那兩人出現在自己的視野當中。必須接受補考的人，明明只有我跟及川同學，但某個企圖在放學後追求心動時光的光頭，現在卻也出現在那裡。

鈴木同學露出看起來很蠢的笑容，邊調侃「竟然要參加補考，看來妳意外是個傻瓜喔」，邊在及川同學的座位附近徘徊。

「才不是補考呢～只是人家那天不巧感冒，所以錯過了小考而已呀。」

「就算沒請假，妳會考幾分也很難說喔。因為妳馬上就寫錯了。」

「咦～哪裡哪裡？」

「三題全都錯啦。看來妳真的是傻瓜。」

「你好過分喔，鈴木同學～就算錯了，也是人家絞盡腦汁寫出來的答案啊～」

及川同學鼓起腮幫子，粉拳輕捶鈴木同學的手臂，感覺像是小動物那般可愛的生氣方式。不管怎麼看，都不可能因此受傷的鈴木同學，卻大聲嚷著好痛好痛。想表演的話，拜託去別的地方好嗎？

及川同學可說是少女中的少女。即使是讓我靦腆到無法嘗試的事物，她也能勇敢地一一挑戰，是個百分之百的少女。鮎子曾以露出門牙的表情，對我批評及川同學太愛裝可愛，不過我認為及川同學的優點，就是無論對象是誰，都會一視同仁地卯起來裝可愛。不只是在男生或老師面前這麼做，就算是面對我這種同性，她也會極其認真地裝可愛。所以，我並不討厭這樣的她，甚至還坦率地覺得她很可愛。然而只有今天，我覺得自己要開始討厭她了。

「這題啊，妳是從半路開始搞錯，所以從這邊重算一次試試吧……沒錯……對對對。什麼嘛，只要有心，妳還是解得出來啊。」

「這樣就是正確答案了嗎？」

「是啊，完全正確，妳做得很好喔。」

一臉得意地指導及川同學的抄作業慣犯，趁亂伸手摸了摸她的頭。這種輕挑的舉動，根本不適合「虎之助」這種硬派的名字。

及川同學沒有表現出厭惡，只是以手指捲著自己那頭褐色長髮。

「算式什麼的無所謂啦～直接告訴我答案嘛，好不好？」

「好啊，但是妳之後得跟我約會才行。」

「討厭啦～你一開始就是以這個為目的嗎？」

「不想約會的話，親我一下當作獎勵也可以喔。」

「這個人家更不願意耶～」

「不然，就當我的女朋友吧。」

「真是的！你要求的回禮規模愈來愈大了耶～」

感覺並不討厭這種一來一往的及川同學，嬌滴滴地把語尾拉長。面對這種有機可乘的曖昧回答，鈴木同學再也靜不下心。在等級提升處徘徊的他，一下子站、一下子坐，一下子往左轉、一下子往右轉。

「我剛才那些話都不是在開玩笑喔，是很認真的。」

總是邊說邊笑的鈴木同學，嗓音突然變得認真起來。平常總是張得開開的、讓人擔心口水不知何時會滴下來的那張嘴巴，現在也緊緊地閉上。他以雙手撐在桌面上，將臉逼近及川同學，就這樣一動也不動。這一帶瞬間變得鴉雀無聲。籠罩在奇妙氣氛中的教室，正是鈴木同學所追求的、令人怦然心動的放學後時光。

「及川，當我的女朋友吧，我是真心的。」

面對這個出乎意料的發展，就連身為局外人的我都跟著心跳加速。因為過度震撼，我的自動筆在試卷上滑了一下。筆尖刻劃出來的線條，看起來有如心電圖的波紋。

及川同學沒有回答。她撩起頭髮，微微偏過頭仰望鈴木同學。與其說是因為不知該怎麼回答而困擾，她的沉默感覺更像在吊人胃口。我變得坐立不安起來。

喂喂喂，等一下啦，及川同學。對方可是鈴木同學耶？是雖然成績不錯，卻會在關鍵時刻變笨蛋的那個鈴木同學耶？是三不五時就開黃腔的那個鈴木同學耶？是班上五官最深邃、感覺髒髒臭臭的那個鈴木同學耶？

面對不曾親暱交流過的及川同學，我在內心這麼接二連三地丟出疑問。我有種愈來愈難過的感覺。朧同學恐怕是喜歡鈴木同學吧。是朋友的喜歡？又或者是另一種層面的喜歡？

我下定決心。不擅長社交的我，基本上不會跟沒有交情的人搭話；但同時，我也有著能在他人的生日派對上，以亢奮嗓音大聲獨唱生日快樂歌的膽識。我是該行動的時候就會行動的消極分子！

「我說你們，要打情罵俏的話，可以去別的地方嗎？這樣會讓人完全沒辦法專心解題耶。要是我下次又得補考，就是你們兩個的錯喔。我會詛咒你們祖宗三代！」

我的膽識震懾了整個教室。及川同學一臉吃驚地轉過頭來。她或許是忘記我也在場了吧。鈴木同學則是露出苦笑。

「人家要跟山本同學一起寫～」

或許是因為剛才的過程全都被我目睹，所以覺得有些尷尬吧，原本還在吊鈴木同學胃口的及川同學，現在選擇果斷背對他。

「等一下啊，及川，我的話還沒說完耶。」

因為我的出現，防禦力突然提升的及川同學，沒有再多說什麼，只是以一個毫無破綻的微笑回應鈴木同學。取而代之的是，她以手背撩起一頭柔順的長髮，再將纖長的手指左右揮了揮，那是跟「再見」兩字完全吻合、帶著霸氣的動作。

「嗚哇，真是冷淡～我徹底被玩弄了。看來，只能找朧安慰我了。啊啊，我的心好痛！」

大聲道出很難笑的這句話之後，鈴木同學一面強調自己心碎的痛楚，一面從走廊上離開。我比想像中還要順利地拆散了這兩人呢。不過，我原本亢奮的心情馬上跌到谷底。就算做這種事，到頭來，一切仍不會改變。

「山本同學，妳寫到哪裡了？」

吵吵鬧鬧的光頭離開後，及川同學拉著椅子來跟我擠同一張桌子。

「鈴木同學剛才告訴我這幾題的答案了，妳可以照抄喲～」

她以散發著晶瑩光澤的指甲指向第三題，親暱地將臉靠近我。在這種極近距離之下的及川同學，有著長長的睫毛、幾乎找不到毛孔的光滑臉蛋、以及很好聞的味道。不同於鮎子那種像是散發著異國情調的生活雜貨店裡的濃郁香氣，及川同學的味道是讓人聯想到花卉的清爽氣味。

及川同學真的很可愛，可愛到讓我同情因為我而被果斷拒絕的鈴木同學。每當她揚起形狀完美的兩片唇瓣對我笑，我的內心就會一陣騷動。儘管朧同學不在這裡，我卻滿腦子都想著他。

「沒關係，我自己算就好。」

「山本同學，妳好認真喔，太偉大了～好孩子、好孩子，摸摸摸摸。」

她把嘴巴噘成像鳥嘴那樣尖尖的，以這種不自然的微笑伸手過來摸我的頭。或許是對我沒有以笑容回應一事有些不滿，她隨即變回認真的表情。就連這樣的表情都很美，未免太狡猾了。

「山本同學～妳還在生氣嗎？對不起喔，我們太吵了。該怎麼做，妳才願意原諒我呢～」

說著，及川同學兩道漂亮的眉毛往下垂。那是個跟她十分不相襯的頹喪表情。我忍不住打從心底感到憤怒，為擅自仇視她、對她反感的自己憤怒。

「不是的！這不是妳的錯，及川同學。從剛才開始，我的肚子就好餓好餓，餓到快要死了，所以才會那樣殺氣騰騰的。感覺很討人厭呢，對不起喔。」

「什麼啊～太好了～放學後還要留下來，真的會肚子餓呢。雖然我身上只有糖果，但我們一起吃吧？」

及川同學瞇起她又大又水潤的一雙眼，露出可愛到令人害怕的笑容。看到她露出這種笑容，就連同樣身為女孩子的我，都覺得有幾分害羞。我好像稍微可以理解在她身旁徘徊的鈴木同學的心情。

「謝謝妳。好好吃喔，甜味感覺滲透進空空的胃袋裡了！」

及川同學分給我的糖果，看起來像顆醬油色的彈珠，感覺是日式風味。放進嘴裡後，讓人聯想到烤飯糰的鹹中帶甜香氣竄入鼻腔。對於裝可愛不遺餘力的及川同學來說，這種糖果感覺似乎過於老派。我比較希望她掏出來的是蜜桃、樹莓口味那種香氣十足的糖果呢。

我想起那些會在舌尖留下食用色素化學味的五顏六色餅乾。換作是朧同學，他一定會選擇有著動人色澤、像寶石那樣閃閃發光的糖果吧。想到他就連糖果的口味都無法自由選擇的人生，我有種想要猛搔喉嚨的衝動。

十一　大腿上的朧同學

咬了一口紅豆年糕湯風味的牛角麵包後，甜味從草莓牛奶中消失了。明明那麼好喝，但在甜味消失後，卻只剩下草莓香料的化學味。我的舌頭現在只嘗得到牛角麵包的甜味。我總覺得自己會像這樣，逐漸對各種事物都變得遲鈍，甚至連最理所當然的事情都變得無力察覺。

「救命啊，鮎子，草莓牛奶從剛剛就變得不甜了。」

「因為妳吃甜麵包又配甜的飲料才會這樣啊，只買其中一種不就好了。」

原本期待鮎子會劈頭以「妳這個貪心鬼！」教訓我，但在說完這句話之後，她只是朝我瞄了一眼，就將視線拉回自己的手邊。鮎子的午餐淨是不甜的東西。咖哩麵包加黑咖啡，感覺是會對味覺造成雙重刺激的組合。然而，鮎子莫名生疏的態度，並不是這些對胃袋不太好的食物造成的。尷尬的氣氛仍大剌剌地介入我倆之間，將我們分隔開來。

「妳喝一口這個看看吧？」

鮎子的嗓音比平常來得低沉而冷淡，就連把咖啡遞給我的方式都很不可愛。她以手背將罐裝咖啡推到我的桌子上，就像在攪拌納豆的哥哥聽到我說「幫我拿一下醬油」時的反應。我懷著難以言喻的心情將咖啡湊近嘴邊，滋味一如我想的苦澀。舌頭往內縮的同時，眼睛像是也受到苦味影響而睜不開。

「然後再去喝草莓牛奶。喝完以前，禁止妳吃那個麵包。」

「嗚哇，好甜！比我一開始喝的時候還甜呢。太好了～謝謝妳，鮎子！」

我捧著咖啡和草莓牛奶，使盡全力展現喜悅，但仍然完全無法炒熱氣氛。在我安靜下來後，換成鮎子以「啊，對了對了」開口。如果跟鮎子一起搗麻糬，我們或許意外地合作無間呢——我一面吸著草莓牛奶一面這麼想，下意識地以門牙咬緊吸管。

「該怎麼說呢……那個……是我不好，很多方面都是。」

這樣支支吾吾的鮎子很罕見。聽到她說這種話，我開始感到坐立難安。聽完哥哥的話，我馬上明白了。鮎子完全沒有錯，然而，我們的關係在那之後就變得尷尬也是不爭的事實。正當我煩惱著該如何回應她時，性急的鮎子像是豁出去似地一個人繼續往下說。

「嗯，我明白。我也不覺得可以這麼輕易就獲得妳的原諒，但已經受不了了，感覺都快要窒息。所以，我差不多想恢復原本那種關係了。我想打破我們之間的隔閡。可以嗎？可以吧？」

鮎子的語氣莫名粗魯又強硬。她揚起下巴，以帶著挑釁意味的眼神瞇起雙眼俯視著我。看到這樣的她，我忍不住噗嗤笑出聲。一般而言，說這種話的時候，應該要甜言軟語地討對方歡心才對，鮎子卻是以蠻橫的態度劈里啪啦說個不停。面對這種嶄新的和好提議，我笑得無法自已。對喔，哥哥就是迷上了鮎子這種固執的個性嘛。

「等等，妳是怎樣！別人在認真道歉的時候，妳怎麼可以笑呢！」

「因為妳看起來完全不像在道歉啊……」

「真沒禮貌！我都說是我不好了。」

「妳沒有做必須向我道歉的事情啊，鮎子。」

「我有啊，因為我瞞著妳。」

「咦咦～之前在保健室的時候，妳不是說自己不是有意要瞞著我嗎？」

「不這麼說的話，感覺很沒面子，所以我忍不住就……」

「哼～妳這個騙子！」

「所以我現在才會像這樣跟妳道歉啊。我真的覺得是自己錯了。抱歉！」

鮎子的抱歉，與其說是賠罪時會講的「抱歉」，更像是忍者會說的那種充滿魄力的「抱歉」。我原本想笑著帶過，鮎子臉上卻再次浮現真摯的表情。不過，她依舊沒有低頭，也沒有將視線往下，只是筆直凝視著我。

「妳不用道歉啦。我反而比較希望妳感謝撮合你們的我呢。我是愛神丘比特。」

「這樣的話，比起那種不是什麼好東西的男人，我希望妳可以介紹更好一點的對象給我耶。」

「丘比特小春覺得你們很相配啊。不是什麼好東西的哥哥，最適合鮎子這樣的女孩子了。」

「就是啊。偷偷對朋友的哥哥出手的我，也不是什麼好東西呢。對對對，我們是天作之合的同類呢。」

鮎子有些自暴自棄地仰頭灌下咖啡，再將空罐重重放在桌上。我也不服輸地大口吸著草莓牛奶。

「對啊，你們是天作之合。像哥哥那種不是什麼好東西的男人，得有一個像鮎子這麼可靠的女朋友在身邊才行嘛。所以，今後哥哥就拜託妳囉。」

黏子沒有回話，取而代之的是，慢慢將露出來的門牙藏到嘴唇後方，最後抿住雙唇，露出了很少女的可愛表情。初次目睹這個表情的我，再次以牙齒咬住吸管。

黏子抓了抓頭，將感覺不是真的在發癢的後腦杓反覆抓了幾下後，別過臉說：

「好，為了紀念隔閡之牆瓦解，我們放學後去吃點甜食吧。」

「耶！讓您破費了～」

「妳在說什麼傻話啊，當然是各付各的啦。」

「好過分喔。從對話發展來看，應該是妳要請客吧？」

「什麼跟什麼啊？是妳說我不需要道歉的耶。」

被黏子以手指戳額頭後，我的臉跟著往右轉。臉上仍帶著笑意的我，就這樣被迫跟朧同學四目相交。我沒有勇氣對他展露笑容，也沒做好恢復正常表情的覺悟，但同時，卻也無法轉過這張要笑不笑的臉。

下個瞬間，我不禁懷疑自己的眼睛，因為朧同學臉上帶著淺淺的笑。我轉頭確認自己後方，但除了玻璃窗以外，我的身後沒有其他人。我再次戰戰兢兢地將視線移回朧同學臉上，發現他的臉上仍帶著笑容。至此，我才終於接受朧同學是在對我微笑的事實。像是在祝福我和黏子重新和好，朧同學意有所指地眨了幾下眼。我懷著感謝的心情，也向他眨了幾下眼之後，朧同學輕輕點了兩次頭，接著便將視線移回鈴木同學身上。

即使朧同學的視線離開我，我也不再為此感到心慌意亂了。因為，就在前一刻，我們無聲勝有聲的祕密交流成立了。剛才那算什麼啊？簡直是極其完美的無聲對話嘛。沒有比這更幸福的時刻了。

「騙妳的啦，我們各付各的吧。」

我以雙手按壓嘴角無法停止上揚的臉頰，轉回來望向正在找錢包的鮎子這麼說，但無法掩飾散發著喜悅的語氣。

「不，還是我請客好了。所以，今後也望您多多關照。」

鮎子以古風的說法這麼回應。她望著放在腿上的書包，搖曳著派翠西亞小姐的髮型朝我低頭致意。出現在眼前的髮旋，輕易地將那天以來持續寄生在我心裡的疙瘩趕跑了。

「那我要吃很多喔，大快朵頤地吃！」

「妳就盡情吃吧。妳這種愛占小便宜的個性，我倒不討厭呢。」

「在這種時候無法坦率說出『喜歡』的鮎子，我也很喜歡呢。」

聽我這麼說，鮎子揚起眉毛，以鼻子輕輕哼笑一聲。那是個彷彿在說「妳不說我也知道啦」的贏家表情。既然這樣，就趁這個機會，告訴鮎子一些她所不知道的事情吧。

「哥哥好像就是迷上妳頑固的個性喔。」

「哇，你們兄妹會聊這種話題嗎？真是糟糕透頂。別這樣啦，很噁心耶，我都要起雞皮疙瘩了。」

鮎子終於變回平常那種刻薄的說話態度，張大嘴巴開始吃咖哩麵包。我停下原本打算將手伸向牛角麵包的動作，試著以「哥哥還說啊，他眼中已經沒有其他女孩子，完全為妳神魂顛倒喔」對鮎子乘勝追擊。

比起消化不良，全身起雞皮疙瘩要來得好更多。我享受著鮎子嗆到的反應，感覺一種不曾體驗過的心情滿溢在胸口。

我鼓起了全身幹勁。體貼的心、體貼的心……我像在背誦暗號般在心底默念。倘若這個世界企圖傷害朧同學，那麼，我只要以相同程度的溫柔對待朧同學就好了。比起為朧同學感到忿忿不平，我應該先為他做點什麼才對。哥哥所說的「體貼的心」，成了因為憤怒而什麼都看不到的我的路標。

看到滿布腿毛的白皙雙腿，我的心情極為亢奮。光是想像這雙腿完全不剩一根腿毛的模樣，就讓我興奮到無法坐著不動。

我壓抑著雙手顫抖，以鑷子將腿毛一根根拔除。鎖定目標而下手後，朧同學的腿總會做出些許反應。這些毛有別於女孩子的腿毛，每一根都又黑又粗。無論多麼小心，拔掉之後依舊會稍微滲血。倘若生為女兒身，就無須體驗這樣的痛楚了。加油啊、加油啊——每用鑷子夾住一根毛的時候，我總會在內心這麼默念。不過，手上也握著鑷子的朧同學本人，已經足夠努力了。這樣的話，我該對他說什麼才好呢？

「嗚嗚嗚～腰好痛喔。」

一直勉強維持相同姿勢的朧同學，發出一陣呻吟之後伸了個懶腰，細瘦的雙臂因此變得格外立體。浮著青筋的那雙手，果然跟我的手完全不一樣。

「不要一根一根拔，而是直接剃掉會不會比較好啊～總之，先來吃點心休息一下吧。」

「嗯，就這麼做吧。這比我想像的還要辛苦呢，我有點累了。」

很罕見地示弱的朧同學，沒有將手伸向點心，而是直接往後倒。在我亂七八糟的房間裡，不確認後方狀況直接躺下，跟自殺行為沒兩樣。我隨即將身子扭到朧同學的腦袋躺下來的位置，然後，屁股坐到某個異物上的觸感，跟朧同學躺到我大腿上的觸感同時傳來。儘管那個異物被我壓在屁股底下，但這種事現在怎麼樣都無所謂了。

「謝謝。」

儘管是出乎意料的膝枕，朧同學卻向我道謝了。從仰躺變成側躺的他，整顆腦袋完全靠在我的大腿上。在這種不可能一聲不吭的狀態下，我卻因為他意外的一句「謝謝」而方寸大亂。大腦完全沒辦法運作，我強烈意識到「朧同學的臉就在低頭可見之處」這個事實，持續盯著雲朵圖樣的窗簾，在原地無法動彈。

這樣的姿勢，或許比跟朧同學的腿毛奮戰的姿勢還要辛苦。因為發麻，我的腰部以下已經沒有任何感覺；至於腰部以上，則是清楚感受到血液在血管裡飛快流動。但不管上、下半身彷彿都不是自己的身體。為了不讓心跳聲外洩，我盡全力挺直背脊。

拚死維持這樣的姿勢片刻後，我聽到下方傳來奇妙的呼吸聲。悄悄將視線往下移之後，我看到大腿上的朧同學閉起雙眼，上半身配合他均勻的呼吸，時而膨脹、時而平坦」。

因緊張而一語不發的人只有我。見到朧同學大膽地打盹，我稍微放鬆下來，原本挺直的上半身變得有些駝背。於是，我們的臉變得更近了。平常總是躲起來的內雙眼皮線條，現在浮現於他的眼皮上。濃密的下眼睫毛在臉上落下一片影子，讓朧同學的肌膚看起來更顯白皙，甚至白得有些發紫，令人不禁懷疑血液究竟有沒有好好流過臉上的血管。仔細一看，他的雙眼下方有著格外不健康的色澤。

在我稍稍不注意的時候睡著的朧同學，究竟度過了多少個無法成眠的夜晚呢？為了不要吵醒他，我一面注意自己的下半身，一面心滿意足地望向大腿上的睡臉。我獨占了朧同學毫無防備、完全放鬆的表情。這是我初次看到他睡著的樣子。感覺自己好像目睹朧同學超越了性別的真正模樣。

「真討厭～我好像猩猩一樣。」

朧同學突然以黏膩的嗓音道出這句沒頭沒腦的話。不知道他是在說夢話？還是對我說話？我為此困惑的時候，大腿上的那顆腦袋動了動。

「我作了一個在吃香蕉的夢呢。」

朧同學閉著眼睛這麼說。雖然知道他不是在說夢話，但現在的他到底是不是清醒的，恐怕也很難說。從剛才就一直蠕動嘴唇，或許是因為他仍在那個夢裡吃著香蕉。我試著想像變成猩猩的朧同學，好讓自己暈眩的腦袋鎮定下來。

「朧同學，你會不會是肚子餓了？」

「我把一整串香蕉連皮吞下肚了呢，好野蠻喔～」

「吃一些點心吧？」

「但是很舒服，感覺莫名幸福。」

不知道朧同學是否仍處於半夢半醒的狀態，我們的對話一直是雞同鴨講。他喃喃表示「不過，其實我沒有那麼喜歡香蕉」，然後將自己的腦袋重新在我的腿上躺好。他剃得短短的頭髮，刺得我的大腿有點痛。

「妳還好嗎，小春？不想睡嗎～」

閉著眼的朧同學以慵懶的嗓音這麼問。雖然話題可能又會拉回香蕉上，但我仍沉溺於感激之中。即使半夢半醒，朧同學依然很體貼我。這份溫柔讓我相當開心。

「沒事，我不睏，所以你可以繼續睡喔。」

我看著原本微微睜開的眼皮，在聽到我的回應後，又靜靜地闔上。在我的腿上小睡的朧同學，毫無防備到讓人想要緊緊抱住他的程度。緩緩蠕動的雙唇，散發出讓人忍不住想伸手觸摸的煽情。這樣的朧同學，只有明顯隆起的喉結，足以證明他是如假包換的男孩子。

倘若朧同學的體內沒有住著女孩子的靈魂，說不定我就不會喜歡上他了。朧同學擁有其他男孩子沒有的魅力，我一直為這樣的他著迷至今。雖然有人辱罵他是人妖，但我希望他能明白，也有人深愛著擁有這種特質的他。

看著朧同學安詳的睡臉，我再也無法壓抑內心湧現的情感。然而，這份無處可去的戀慕之情，究竟要如何傳達給他才好？無法從喉嚨深處吐出來，而滲透至全身上下的這份感情，因為找不到出口，只能在我體內不斷膨脹。明明能輕易對黏子說出「喜歡」，為什麼面對朧同學的時候，我就無法好好表達自己的情感呢？

朧同學再次翻身。我拱起背，將臉靠近仰躺的朧同學臉龐。從朧同學的鼻子呼出來的輕柔氣息，吹得我的臉頰涼涼的。感受著有些搔癢而濕潤的這股氣息，我將頭垂得更低。垂下頭而形成的陰影遮蔽了視野，所以沒有必要閉上眼睛，但是，我的眼皮仍自顧自地闔上。輕輕掠過嘴唇的觸感、當下感受到的熱度，讓我明白這是兩片唇瓣相觸的感覺。

這稱不上是接吻，連有沒有觸碰到嘴唇都很難說的一個小小動作，然而，在我抬起頭之前，就被強大的力道推離朧同學的嘴唇。那是幾乎連同我的靈魂一併推開的強烈衝擊。朧同學推開我後整個人彈起來，以手掩著自己的嘴巴。那隻手用力到手指變色的程度。

我咬住剛剛接觸到他的嘴唇。被推開的肩膀感受到的拒絕，現在開始隱隱作痛。

「妳突然做些什麼啊，小春？是因為肚子餓，所以把我看成食物了嗎？」

朧同學以手掩嘴，用高亢的嗓音半開玩笑地這麼問。明明語氣很活潑，他眼中卻沒有半點笑意。我的心臟感受到一股前所未有的劇痛。害怕自己可能會這樣死去的我，將握拳的手抵上心臟，確認心跳後，勉強擠出笑容回應：

「因為你的睡臉太可愛了，讓我忍不住想親一下呢。」

「……妳是把我當傻子嗎？」

那是朧同學的嗓音。儘管平靜卻充滿怒氣，而且無庸置疑來自他的嗓音。聽到這個陌生的嗓音，我一下子無法理解他在說什麼。儘管如此，我仍明白自己膚淺的回應讓朧同學動怒了。

「我沒有把你當傻子！從來沒有過！」

「既然這樣，又是為什麼！為什麼要說這種話？為什麼要做這種事？」

激動的嗓音，震撼了這個狹小房間裡的空氣。我無法相信朧同學竟然會大聲怒吼。那張掛著黑眼圈的臉，明顯因為怒氣而緊繃，眉心的皺紋也愈來愈深。

不知該如何是好的我，只能繼續以拳頭按著胸口。不過，發疼的部位感覺在更深處。不停空轉的心臟劇烈摩擦著。好痛、好熱、好像快要爆炸了。

「妳為什麼不明白呢？我不是男人啊。」

因為我，朧同學的嗓音變得沙啞，喉結痛苦地上下滑動。

為什麼呢？我明明早就知道朧同學是女孩子。正因為這樣，我才想更加了解他，也一直試著去了解他。既然這樣，我又為什麼會讓他動怒呢？為什麼我總是無法明白朧同學的心情？

「如果我是男孩子就好了。」

沉重地開口後，朧同學粗重的喘息止住了，怒意也突然從他的臉上褪去。不知為何，他一如往常的平靜眼神看起來很可怕。突然降臨的寂靜，讓我開始耳鳴。

「是嗎？這樣啊。明明是打從一開始就明白的事，我卻忘記了。如果我——」

說到一半，朧同學轉身背對我，以緩慢的動作拾起腳邊的書包，最後道出一句令人心碎的話語。

「如果我是個正常的男人就好了。」

那是彷彿為了離開而道別的平靜嗓音。我沉默地看著他的背影愈走愈遠，待在原地說不出半句話。我害怕自己會再次傷害朧同學。

片刻後，我聽到玄關大門關上的聲響。輕巧的關門聲，此時再次緊緊揪住我的胸口。就算在這種時候，朧同學也不會大力甩門發洩。

變得空蕩蕩的房裡，只剩下苦瓜脆片堆得滿滿的盤子。辣味、鹹味、酸味都試過之後，只剩下苦味了。這次，我沒有強占其他家人的零食，而是自己精心做出這個選擇。

「這是哪門子的體貼啊！」

我大聲怒罵自己，又覺得這樣還不夠，奮力朝裝著苦瓜脆片的盤子一踢。半圓形的綠色物體四處飛散，撞上牆壁後發出令人不快的聲響，盤子卻沒有破。

十二 心愛的朧同學

放學後，我們來到學校裡最高的地方。朧同學說「我們一起去乘涼吧」，這個意外的提議有著讓人不容拒絕的魄力。不過，沒有半個人的屋頂，並不是適合乘涼的狀態。儘管已是下午四點過後的時段，太陽仍活力充沛地將光芒投射在我身上。就算嘗試躲在出入口附近的小小陰影處，水泥牆反射的刺眼陽光仍讓人目眩。遭受夾擊的肌膚感覺幾乎要被烤焦，能帶來一點涼意的，只有不時傳來的蟬鳴聲。

「抱歉，雖說要乘涼，但這裡一點都不涼快呢。」

朧同學的嗓音一如往常柔和。不過，他沒有望向我而注視著某一點的眼神，看起來相當犀利。我好歹明白，他這樣的眼神並不是炎熱的天氣所致。朧同學不會因為氣溫變化露出不悅的表情。

「室內或許還比較涼爽。怎麼辦，要回去嗎？」

「好啊。」

不同於他的回應，朧同學並沒有要返回建築物內的樣子。即使我將手按上通往室內的大門，他依舊無動於衷。開口邀約的人明明是他，現在卻一副就算我離開也無所謂的態度。還是說，朧同學其實已經看透我不會丟下他獨自離開？我縮回手，老實接受他給的這個機會。

「那個啊，朧同學，昨天的事一直讓我很後悔，我的神經真的太粗了。」

為了吸引他的注意，我刻意以悲觀的嗓音開口，淚水卻真的一併湧現。我裝出以右手擋住陽光的樣子，揉了幾下被自己的嗓音影響而濕潤的笨拙眼皮，思考接下來該說什麼才好。我從昨天就一直處於這樣的狀態，已經煩惱了一整晚都得不出答案，所以現在再怎麼掙扎也不會有意義。我很明白這一點。不管說些什麼，都無法獲得原諒。因為，讓朧同學說出那麼令人心碎的發言的自己，正是我最無法原諒的對象。

一陣強風吹來。大白天充分加溫的溫熱空氣，化為熱風纏上身體。朧同學瞇起雙眼的反應，看起來像是表情因怒氣而扭曲，我也因此被無法忍受的焦躁感苛責。我總覺得，原本那個朧同學似乎消失無蹤了。

「真的很對不起。我不會再做出那種行為了，所以，我們和好吧，朧同學？我不想因為這種事跟你決裂。」

「『這種事』？拜託妳別說得這麼簡單。妳果然從來都不曾打算了解我的心情吧，小春春。」

原本一直望向別處的朧同學，此時終於正眼看我。那是一雙沒有溫度的眼睛。雖然朧同學個子原本就比我高，但這種被他俯視的感覺，我還是第一次體會。

我再次揉了揉眼皮。比起被朧同學討厭，沒能將自己的心情好好傳達給他的事實，更讓我無奈又心痛。不管什麼時候，我總是為了理解朧同學而卯足全力啊。

「你還不是一樣！你完全不明白我的心情！你之前在學校對我不理不睬，讓我受到很大的打擊呢！」

「因為……在學校的時候，我不知道該用什麼樣的表情跟妳說話……」

「就算這樣，我也從來不曾討厭過你！我一直、一直都很喜歡你啊！」

我放聲大喊。我認定不可以再次說出口的情感、一直封印在兩頰內側的言語，隨著亢奮的情緒傾洩。沒有退路了。我懷著豁出去的心情，用力抬頭仰望朧同學。皺紋從位在高處的那張臉的中央消失，取而代之是沒出息地下垂的眉毛。

「為什麼……為什麼是我這種人啊？我有哪裡好了？不是還有很多像小鈴那樣更理想的對象嗎？為什麼偏偏是我……」

「咦，所以你果然喜歡鈴木同學嗎，朧同學？」

我鼓舞自己幾乎碎裂一地的心，故意裝出活潑的語氣。我試著想拉開話題。若是放任這樣的朧同學不管，總覺得他的眉毛會下垂到變成兩道八字鬍。若是如此，讓他的眉心擠出皺紋還比較好。比起貶低自己，把怒氣發洩到我身上要來得好多了。

「妳突然講什麼啊？我真搞不懂妳這女人在想什麼耶。」

「喔喔！這種說話方式不錯喔。『你這女人』的說法很有男子氣概呢，朧同學。」

儘管試著炒熱氣氛，但我馬上變得語塞。因為，理所當然會再次感到憤怒的朧同學，現在卻瞪大雙眼直直望著我。

我的心臟開始以不尋常的速度瘋狂跳動。朧同學確實看著我，但不知為何，他的視線卻沒有對上我的眼。宛如被無論怎麼改變角度都無法讓彼此視線相交的肖像畫單方面盯著看，讓我感受到強烈的空虛。

「被說『很有男子氣概』，感覺比想像中要好呢。」

冰冷而低沉的鼻音，滲透至我的五臟六腑，有什麼從內側猛烈敲打我的胸口。面對突然激烈主張自身存在的心臟，我感到相當困惑。朧同學的雙唇明明描繪出完美的弧形，他的眼角卻和生氣時沒兩樣。這是一張我至今不曾目睹的陌生臉龐。

察覺到這一點的瞬間，朧同學突然逼近，以冰冷的手按住我的下巴。原本位於高處的那張臉，現在和我的視線等高。看到自己的臉倒映在朧同學的雙眼中，我一下子變得無法呼吸，同時，我也變得看不到自己的臉和朧同學的臉。在唇瓣表面擴散的壓迫感，讓我理解到朧同學正在吻我。

在唇瓣交疊的狀態下，朧同學甚至將整個身子壓上來。我的身體無法使力。他的襯衫有一股陌生的柔軟精香味，這股甜膩的香氣直竄我的腦門，讓我一陣暈眩。

我被夾在牆壁和朧同學之間，愈來愈無法動彈。雞皮疙瘩在肌膚表面亂竄，牆壁冰冷的觸感從身後傳來。內心那個冷靜的我，對自己身體的熱度產生了自覺。這時候，我終於深深體會到「人體是由水構成」這個事實。現在的我，是有著人類外型的一灘水，每當心臟跳動，便會形成一圈圈波紋傳遍全身。

朧同學的掌心在我的胸部附近蠢動。掌心的觸感透過薄薄的水手服傳來，儘管沒有被撫摸，我的尾椎仍感到一陣酥麻。我愈是試圖扭動身子，朧同學的手掌便愈是往下。

不對，我並不想做這種事。我不是為了做這種事，才會喜歡上朧同學。

儘管很清楚這一點，我卻無法反抗他。說身體無法使力是騙人的，因為我的手現在正緊緊握拳。

無法出聲的困惑，像是胎毛著火般遍布全身。嘴唇的接觸變得激烈起來，有異物探入我的裙底。從大腿內側傳來的不自然的手指觸感，隨著在全身循環的血液到處漂流。不規則的鼻息十分真實。儘管睜大雙眼，但因為朧同學的臉靠得太近，反而看不見他。

感受到內褲被扯下來而用力閉上雙眼的瞬間，我原本被堵住的唇瓣重獲自由了，原本束縛著身體的壓迫感也跟著消失。戰戰兢兢地睜開眼後，我看到眉毛下垂、臉上露出虛弱笑容的朧同學。我的呼吸變得更加不順。

「我果然沒辦法。」

這個像是在乞求原諒又像是在苛責自己的嗓音，深深刺進我的胸口。話還沒說完，便整個人癱坐在地的朧同學，看起來十分消沉。突然亂摸別人身體，還說「我果然沒辦法」這種話，可說是失禮到極點的行為，但我完全無法生氣。我想，我大概也失落到不會輸給朧同學的程度吧。

被撫過的大腿內側的熱度遲遲未褪去，朧同學的指尖卻止不住顫抖。手指的顫抖侵蝕了他整個人，讓他連肩膀都開始微微打顫。朧同學粗魯地揪住自己顫抖的雙肩，以宛如異國雕像般的姿勢靜止不動。再也站不住的我，則是靠上牆壁，緩緩地癱坐在地。

這次，我徹底體會到這段戀情不可能開花結果的事實。但比起悲傷，傷害了朧同學的罪惡感反而更來得強烈。朧同學試著回應了我的心意。於是，我吞下一切的話語，只說一句「沒辦法也無所謂」。我無法掩飾嗓音中的顫抖。

朧同學沒有錯，有錯的是勉強將自己的心意硬塞給他的我。沒能阻止朧同學的行為，以及昨天對朧同學做出的舉動——如今，我才徹底體會到這兩件事是多麼罪孽深重。

維持著奇妙姿勢的朧同學悄悄落淚。他一動也不動，只是不時發出吸鼻子的聲音。儘管很想跟他一起哭出來，但我仍懷著把臼齒咬碎的覺悟，狠狠咬牙忍耐。我不應該哭的。我盯著朧同學發紅的鼻頭，硬是將湧上來的東西吞回肚裡。被眼淚的水壓勒住喉嚨的我，用力咬住臼齒。要是放鬆下顎的力道，感覺淚水會在瞬間潰堤，我只能默默凝視著眼前的朧同學。

初次目睹的朧同學哭泣的臉龐，既不屬於男生，也不屬於女生。那是彷彿為了重視的某人之死，而落下的惋惜眼淚。

隔天剛睡醒時，我做出了剪頭髮的決定。反正都要剪掉了，我乾脆連頭髮都不梳便踏出家門。已經沒有必要執著於一頭整齊的妹妹頭髮型了。

或許因為是週末的緣故，路上行人很少。過於寬廣的人行道，反而讓人有些無所適從。天空被厚重雲層覆蓋，因此，儘管還是上午，來自並排店家的燈光卻比天空要明亮。看著從室內透出的光，我總覺得外頭的昏暗天色，是為了從後方推我一把而存在。

我在一間有著大量玻璃窗設計、看起來格外炫目的店鋪外停下腳步，馬上看見了哥哥的身影。他還是老樣子，跟待在家裡的模樣截然不同。因為我熟知他平常懶散邋遢的樣子，因此，在髮廊明亮燈光照耀下的哥哥，看起來耀眼度更是增加了八成。平常笑的時候眼睛總會瞇成一條線的他，在面對客人時，卻會變成眼睛確實睜開、附帶一口白牙的笑容。與其說是「笑容」，用英文的「Smile」來定義感覺更貼切。這是在家裡絕對看不到的表情。總覺得腳底略微發癢的我，忍不住在鞋子裡扭動腳趾。

打開門後，原本和客人談笑風生的造型師表情，隨即變回愛操心的哥哥表情。他甚至連客人詫異的表情都渾然不覺，握著剪刀直朝我跑過來。

「小春春，妳怎麼突然跑來了？這樣不行啦，要來的話，得事先聯絡我啊。我現在有客人要處理呢。」

「抱歉，突然跑過來。沒關係，等你忙完再幫我剪。我會等你。」

「是可以啦，但我還要忙上好一陣子喔。妳去找間店吃點甜食，打發時間吧。」

「沒關係，我剛好有想看的雜誌。」

在哥哥從口袋掏出甜食經費之前，我便逃到候位區。為了避免打擾其他客人，我在最角落的位置坐下，那天發生的事，也以驚濤駭浪之勢在我腦中重新浮現。

這間髮廊是一切的起點。那時，我滿腦子都是要為朧同學做點什麼的想法，甚至忘記自己原本要來剪頭髮的計畫，就這樣一直拖延到今天。

「我不是跟妳說過好幾次了嗎～要來的話要先聯絡我啊。」

「對不起。可是，我今天就是突然想剪頭髮嘛。」

「既然人都來了，也沒辦法囉。其實，我也一直很在意呢，因為之前沒能幫妳剪到頭髮啊。」

俐落地替我圍上理髮用的斗篷後，哥哥的視線移向一旁的座位。那是朧同學先前坐過的位子。我假裝沒有察覺到這一點，捧起哥哥倒給我的飲料喝了一口。彷彿看穿了我被髮廊的冷氣凍得體溫降低的事實，杯子裡裝著溫熱的紅茶。或許是想配合我的口味，這杯紅茶甜到嚇死人。服務精神滿分的砂糖，黏在我冰冷的喉嚨內側，感覺不怎麼美味。

「我失戀了。所以，幫我一口氣剪短吧！」

「真是老掉牙的想法耶～現在這個時代，沒有人會因為這種原因剪頭髮了啦。」

「現在這個時代，也不會有留著妹妹頭的女高中生啊。」

「是妳自己說要剪妹妹頭的耶～」

「所以，已經夠了，我覺得膩了。我想徹底換一個看不出來以前留著妹妹頭的髮型。」

「我知道了、我知道了。反正現在是夏天，就一口氣剪短吧。」

垂下眉毛笑著這麼說之後，哥哥沒再多問什麼，開始替我梳理頭髮。

我想起自己不顧哥哥的強烈反對，第一次挑戰妹妹頭的回憶。我在腦中描繪出那顆心愛的小瓜呆頭，跟哥哥要求了一堆關於頭髮長度和厚度的細節。聽到哥哥說「要是有想剪的髮型，妳直接拿照片來給我看就好了嘛」這個再中肯不過的意見，滿身大汗的我仍想了為自己辯解的藉口。看到剪好的妹妹頭跟自己想像中一模一樣的瞬間，那種亢奮的感覺，現在格外懷念。

那時，光是剪了這樣的髮型，便足以讓我開心得無法自拔。那是一段光是凝視玻璃窗上的倒影，便能夠沉浸於幸福之中的渺小戀情。光是聽到那個絕不可能對著自己說話的嗓音，我就已經心滿意足。我只是單純喜歡朧同學而已，並沒有特別期望什麼。我又是從什麼時候開始，變得那麼貪心呢？

我將視線移向在腳邊逐漸累積的毛髮，無法直視自己醜陋的臉。

走出髮廊後，外頭的蟬已開始大合唱，氣溫也比早晨更上升一些。原本被冷氣籠罩的肌膚在瞬間解凍，感覺到汗水滲出。我想整理瀏海而伸出手指，碰觸到的卻是額頭，不是髮絲。瀏海已經沒有長到會被風吹亂的程度了，現在，它位於距離眉毛相當遙遠的上方，讓我寬闊的額頭完全坦露在外。變短的不只是瀏海，我的腦袋兩側和後方都清爽無比。從妹妹頭畢業之後，我換了一個讓自己看起來活像猴子玩偶的髮型。這果然也不是女高中生會剪的髮型。

因為整顆頭變得過於輕盈，總覺得迎面吹來的風貫穿了大腦。將頭髮剪短後，感覺十分神清氣爽。我仰望天空，用力伸了一個懶腰。雖然厚厚的雲層尚未散去，但天空變得比方才明亮許多。從店舖裡透出來的燈光，不再強烈到刺眼的程度。

不知不覺中，這條路也恢復了生氣。

有別於平日，來往穿梭的行人們，個個散發出興奮的情緒。我的目光淨是停留在雙人組的行人上。那天，在櫸樹下遇到朧同學時，附近也有摟著彼此的手臂、以緩慢步伐前進的情侶。總覺得靜不下來的我，沒有移開眼神，而是走向另一條岔路。

拐進巷子裡後，蟬鳴聲跟著變得遙遠，周遭一口氣安靜下來。相親相愛地走在街上的那兩人，不知道會往哪裡去呢——儘管從情侶大量出現的放閃區域逃到這裡來避難，我卻忍不住思考這樣的問題。為了拋開這件事而邁出步伐後，又有新的情侶出現在視野中。在只有零星車輛停駐的停車場一角，肩並肩膩在一起的牠們，看來很享受這段時光。

「哎呀，討厭，你們也在曬恩愛喵？」

我走近觀察，發現是長得很像的兩隻褐色三花貓，有可能是親子、有可能是兄弟姊妹，也有可能真的是很相似的一對情侶。雖然不知道這兩隻貓的年齡或性別，但牠們相親相愛地依偎在一起的畫面，著實令人會心一笑。

「你們倆是什麼關係喵？」

用貓語提出的疑問還沒說完，兩隻貓就一下子一起竄進車子底下。看到牠們以飛快的速度逃離，讓我有些受傷。我維持著蹲下來看貓的姿勢，沮喪地咕噥「什麼嘛喵～」，結果聽到身後傳來另一個人的聲音。

「小春春？」

聽到不可能出現在這種地方的嗓音，我的頭不受控制地往後轉，速度甚至不輸給那兩隻貓。我仰望著以「唔哇，真的是妳耶～」確認理所當然的事實的這個人，在內心輕喃「果然是朧同學啊」。他的小瓜呆髮型今天也十分整齊。白色襯衫、淺粉色長褲的服裝，再加上一頭黑髮，感覺是讓人想吃鱈魚子飯糰的配色。這麼說來，從昨天開始，我就什麼都沒吃呢。

「我看到長得跟妳很像的人走進這裡就跟著過來了，但因為髮型不同，所以我猶豫著該不該開口叫妳呢。妳的頭髮剪得好短喔，看起來很涼快。」

從各種不同角度搖頭晃腦地觀察我的腦袋的朧同學，臉上浮現淺淺的酒窩。好一陣子沒看到朧同學露出這樣的表情了。

「朧同學，我……」

「我剛才去妳家的時候，是伯母來幫我開門。她說妳去哥哥的髮廊，所以我就追過來了。」

劈里啪啦地打斷我的發言的朧同學，臉上罕見地掛著斗大的汗珠。鼻子下方反射陽光的汗，證明了他以全力追著我跑過來的事實。我察覺到他是為了談昨天的事而來。可是，必須好好將自己的想法傳達給對方的人，應該是我才對。我站直身子，望向眼前的朧同學。為了避免又被他打斷，我深吸一口氣之後開口：

「朧同學，這不是你的錯。這一切、全部、全數、完全、從頭到尾、徹頭徹尾、包羅萬象的所有，都不是你的錯喔！」

「……雖然不太懂妳的意思，不過……呃……謝謝。」

我真切的主張，被朧同學以一派輕鬆的表情全盤消化了。無法接受這種結果的我用力搖頭。

「不行！你得好好了解才可以！」

儘管嘴上說不行，我卻無法接著說下去。最想說的話語卡在喉頭出不來。因為我已經決定把這當成最後的機會，才想把自己所有的心意一吐為快。然而，我的言行完全跟不上遠遠跑在前頭的心意，乾燥的唇瓣開始顫抖。

朧同學沒有插嘴，也沒有催促我往下說。看著說不出半句話的我，朧同學重重點了好幾下頭。這樣的動作，彷彿在說他已經察覺到我無法化為言語的心意，大大鼓舞了我。我再次深吸一口氣。如果不在這裡傳達給他，我想必會後悔一輩子。

「朧同學，你之前也說過吧？說你明白這不是任何人的錯。所以，同樣的，這也不是你的錯。你完全沒有錯，從頭到尾都不是你的錯……明白了嗎？」

聽到灌注了我所有的心意、缺少主詞的這段話，朧同學更用力地點頭。不過，現在不是為自己的心意確實傳達給他一事感到安心的時候，我還有想說的話。

「既然明白，你以後就不可以再責備自己。不可以鄙視自己，也不可以討厭自己。」

「淨是一堆『不可以』的事情呢。」

朧同學以食指搔了搔鼻頭，笑容中帶著幾分困擾。依舊學不乖的我，感受到內心深處泛起漣漪。毫不掩飾身為男性的同時也身為女性的自己，將兩者的特質融合在表情裡，然後露出笑容的朧同學，我果然非常喜歡。

「不可以的事情就是不可以。因為，你怎麼可能會是變態呢。而且，你一點都不噁心啊。」

「是嗎……不是一般的男人又不是女人的我，感覺好像是跟大家不同種類的生物。我時常覺得這樣的自己好噁心。」

「沒有這回事，絕對沒有。你一點都不噁心！你反而……反而……超級棒的！」

我忘我地將充斥在內心的柔軟情感收集起來，努力將它們轉換為言語。朧同學很可愛、令人憐愛、漂亮、迷人、無敵、美麗、超凡、是人間國寶。

想接著說出口的話語，接二連三在腦中亂竄，但我實際說出來的，卻是無可救藥的單一詞彙。更何況，我還不知道什麼樣的話語，才能最中肯地詮釋我對朧同學的心意。

一開始，朧同學原本還愣愣張著嘴，但他的表情隨即變得嚴肅起來。大聲讚揚他

「超級棒」之後，我無法再多解釋什麼，只能看著朧同學的表情慢慢緊繃到近乎嚴厲的程度。

「對不起。從來不曾打算了解對方心情的人，應該是我才對。」

朧同學沒有繼續往下說，而是抬起頭仰望天空。他以雙手對自己瞪大的雙眼搧風，像是為了吹乾表面的水氣。因為仰頭而變得明顯的喉結，彷彿嚥下了什麼似地來回滑動。見狀，我才終於發現一件事——剛才那嚴厲的表情不是因為憤怒，而是為了強忍住淚水。

我同樣沒能明白任何事。因為急著想要弄明白，反而再三傷害了朧同學。想好好珍惜自己最喜歡的人，是理所當然，卻又極其困難的一件事。

朧同學花了好些時間才把眼淚勉強吞回去。他的喉結忙碌地上上下下。

『得變得更堅強才行。』

朧同學那天說過的話，在我腦中鮮明地復甦。在我面前時，你不需要逞強啊。再也看不下去的我，忍不住伸手擁抱朧同學……原本應該是這樣，但因為我個子太矮，看起來只像整個人撲倒在他身上。

背部傳來的溫暖，讓我明白朧同學也伸手擁住我。這樣好像是我依偎在他的懷裡撒嬌，讓人有點不甘心。我踮起腳、使勁挺直背脊，結果感受到頭頂上方傳來無聲的笑意。

「小春春，謝謝妳。」

嗓音從上方落下。是感受不到淚水、一如往常的朧同學嗓音。為此放心的我，以賴在他身上的姿勢回應：

「這點小忙不算什麼。你不介意的話，我隨時可以把自己的胸口借給你喔。」

「呵呵！我不是這個意思啦，呃……」

聲音突然變得靠近。朧同學的臉壓低到我的耳畔。

「謝謝妳發現了我。」

宛如奇蹟的這句話，悄悄竄入耳中。從耳道進入體內的這個細微嗓音，隨即填滿我的胸口。我無法出聲回應，只能對緊抱著朧同學的雙手使力。隨後，軟綿綿的掌心觸感從後腦杓擴散開來。這次，必須強忍淚水的，換成被朧同學溫柔摸頭的我了。

貼在臉頰上的朧同學襯衫，有著老舊木頭衣櫃的氣味。我懷抱著嚴肅的心情，豎耳傾聽從他胸膛內側發出的聲響。這是我第一次聽朧同學的心跳聲。聽著令人安心的脈動，我想起和朧同學牽手的那一天。目睹哥哥和黏子交纏的身體，我受到重大打擊而愣在原地，是朧同學牽起了這樣的我。跟那一晚相同、跨越性別的肢體接觸，現在，也在這裡成立了——我可以這麼想吧？

別再把朧同學當成異性了。我在內心再次做出已經重複了好幾次的決定。我的心明明暴動到足以讓雙眼噴射出水柱的程度，朧同學的心跳聲卻依舊規律。我在內心拚命祈禱，像是要填補我們的心跳無法同步所造成的空隙。

但願未來的某天，朧同學能以他真正的模樣活著。但願朧同學的未來，滿溢著閃亮亮的燦爛光輝。

以最大的力量祈禱完畢的同時，我也做好覺悟。我深深吸了一口氣，雙唇使力，止住呼吸，將自己的臉從心愛的那個胸口離開。

——別了，我的初戀。

鬆開雙臂後，一陣風吹過我們兩人之間。那是讓人無暇沉浸於感傷中、充滿夏日風情的一陣強風。我抬起頭，發現手仍舉在半空中的朧同學，承受著迎面而來的風。在我離開後，他的姿勢看起來像是擁抱著這陣風，我險些又要看得入迷。

他的黑色髮絲在風中搖曳，只有剃得短短的部分不會動。看著這理所當然的光景，我突然覺得背脊一陣發冷。朧同學喜歡這樣的髮型嗎？會不會是因為無法留女孩子的髮型也無法剪成偏中性的髮型，才會一直維持這種小瓜呆頭？我不禁想像這種無止盡的絕望感。

「朧同學，你要不要也換個髮型？我覺得留長一點會更適合你喔。」

「這個嘛……畢竟我已經維持這樣的髮型好幾年了呢。」

「先趁暑假時把頭髮留長吧！要多吃海藻！你喜歡昆布嗎？還是海帶芽？或者令人意外地喜歡海帶根？話說回來，你到底喜歡吃什麼啊，朧同學？」

「怎麼突然問這個呀？」

「才不突然呢，我從以前就很在意了。」

「唔～我喜歡吃的食物啊……大概是蒟蒻……吧？」

「蒟蒻！」

雖然是個出人意表的答案，但不知為何，又讓我有「蒟蒻的確很像朧同學喜歡的食物」這種恍然大悟的感覺。「蒟蒻」兩字滲進內心的感覺很舒服，朧同學果真是最棒的。

我果然很喜歡這個人呢——我不禁百感交集地審視自己的內心。或許打從一開始，就跟他的性別是男是女無關。因為朧同學是朧同學，我才會如此喜歡他。

「小春春，妳的嘴巴不停蠕動耶，是在想像吃蒟蒻的感覺嗎？」

原本打算在內心細細反芻「喜歡」這種情感的我，似乎不自覺地動起嘴巴。朧同學笑了，我也跟著笑了，邊笑邊將幾乎在嘴巴和內心同步時傾洩而出的話語靜靜嚥下。我像是要確認留在體內的那些話語，在內心深處再三反芻。

謝謝你，朧同學。能夠喜歡上你，真是太好了。

等到哪天，我跟朧同學變得比現在更要好之後，再讓他好好聽我傾訴這樣的心情吧——我這麼下定決心。在那之前，我會把這份心情存放在心中某個馬上能取出來的地方。因為，我察覺到這想必是比初戀更重要、更無可取代的心情。

終章

初戀結束、短暫的暑假也結束了，新學期在轉眼之間到來。

為重逢感到欣喜的嗓音此起彼落，讓教室裡變得比以往更加嘈雜。我鑽過人群，在沒有跟任何人分享重逢喜悅的狀態下抵達自己的座位，輕聲拉開椅子，慎重地坐下，再若無其事地以手托腮。為了這個久違的姿勢感到心情平靜的我，雙眼一如往常地望向玻璃窗。

水藍色的天空。大片的雲朵。刺眼的陽光。挺直背脊的朧同學。

我望著倒映在玻璃窗上，結業典禮後再次見到的景色。雖然暑假一眨眼就過去了，我卻覺得莫名懷念。平靜望向前方的朧同學，現在在想些什麼呢？

「早安，鮎子。妳過得好嗎？」

原本看來一臉沒睡飽的鮎子，看到我之後，快瞇起來的雙眼一下子瞪大，門牙跟牙齦也全都坦露出來。她看起來很好呢，太好了。

「小春，妳好像變小隻了耶？妳瘦了嗎？」

「啊～嗯……」

我隔著感覺比較沒那麼緊繃的制服，摸了摸自己的肚子。雖然囤積的量還很多，但身上的肉確實少了一點。

暑假的那段回憶，宛如花朵般在腦中盛開。我一面克制，不讓嗓音透露出欣喜之情，一面繼續往下說。

「我可能有點萎縮了吧。」

大概是因為整個暑假都把蒟蒻當成點心的緣故吧。

「總覺得妳的皮膚好像也變好了耶？」

「對啊，感覺我的臉最近沒有以前那麼粗糙了。」

大概是因為想在暑假時盡可能讓頭髮留長，所以積極攝取各種營養的緣故吧。

「仔細一看，好像連髮型都變得有點時髦……」

「真的嗎？嘿嘿嘿～」

大概是因為暑假時反覆看了一堆美容美髮雜誌的緣故吧。

「咦？難道……不會吧？難道妳有男朋友了？」

聽到上半身往前傾的鮎子完全誤解的發言，我差點噗嗤一聲笑出來。慌慌張張忍住笑意時，我聽到鄰座傳來「呵！」的輕笑聲。對方纖細的肩膀，在我的視野一角微微顫動。明白所有真相的這個人物，正坐在我隔壁偷笑。

沒錯，不是男的，是女的。我結交了一名女性朋友。因為我們經常一起打發暑假時光，不知不覺中，我似乎也受到諸多影響。

「別悶不吭聲的，快點從實招來！」

「沒有啦，不是這麼一回事。好羨慕有這種思考回路的妳喔。我也好想去海邊～好想去看煙火呢～」

「……真是難以置信，妳家也太愛共享個資了吧。」

在我回想哥哥以鼻子哼唱「泳裝！浴衣！」的亢奮模樣時，眼前那張臉染上了薔薇色。好想一直看著她這樣的臉。看來兩人相處得很好啊，那我也放心了。

在鮎子的門牙躲回嘴唇後方時，鈴木同學大搖大擺地現身。他的一身日曬肌變得更黑了。白皙的朧同學，跟黝黑的鈴木同學。我透過玻璃窗，看著以完全相反的方式度過暑假的兩人重逢。

「你那顆頭是怎麼回事啊？」

這是鈴木同學道出的第一句話。今天，穿上男女有別的制服生活再次開始了。暑假結束後，這樣的真實感一下子變得強烈。

「我想稍微留長看看。」

朧同學露出有些害羞的微笑，以掌心輕撫以前總是把頭髮剃得短短的後腦杓。雖然短髮摩擦的細微沙沙聲現在已經聽不到了，在我腦中卻依舊鮮明。

「真的假的？明明是朧，竟然想變得更嫵媚？很噁耶。」

「才不噁心呢，應該是超級棒才對啊。」

「什麼東西啊？一大早就開黃腔喔？」

「別這樣啦，我又不是你。」

朧同學露出輕柔的笑容。頭髮稍微留長的他，散發著比以往更柔和的氛圍。

初戀消逝後，在我內心留下的那個大洞，每天都被嶄新的朧同學一點一滴地填滿。現在，這是最讓我開心的事情。

〈晚櫻〉、〈夏日銀河〉、〈秋燈〉、〈冬晴〉——
四季有你陪伴在身邊，讓我品嚐幸福的滋味。

相愛是如此神奇 暖心四季篇章

深町なか／原案、插畫　藤谷燈子／著　林冠汾／譯

看見春日的櫻花，想起妳是否又忙於工作，沒有時間賞花？看見夏日的銀河，心想這片星空也延伸到妳居住的城鎮呢，妳是否和我一樣正抬頭仰望？看見秋日點點燈火，想到不擅廚藝的妳，努力準備了晚餐在家等我。看見冬日晴朗的天空，想起緊張地告白、我們決定交往的那一天。從今以後，也請多多指教喔！

定價：NT$280/HK$85

國家圖書館出版品預行編目資料

我喜歡的男孩，其實也是女孩 / 犬飼鯛音作；許婷婷譯. -- 初版. -- 臺北市：臺灣角川, 2020.04
面； 公分. -- (Kadokawa light literature)（角川輕.文學）

譯自：はんぶんこの、おぼろくん
ISBN 978-957-743-710-5(平裝)

861.57 109002630

我喜歡的男孩，其實也是女孩

原著名＊はんぶんこの、おぼろくん

作　　者＊犬飼鯛音
插　　畫＊志村貴子
譯　　者＊許婷婷

2020年4月29日　初版第1刷發行

發 行 人＊岩崎剛人
總 經 理＊楊淑媄
資深總監＊許嘉鴻
總 編 輯＊呂慧君
副 主 編＊温佩蓉
設計主編＊許景舜
印　　務＊李明修（主任）、張加恩（主任）、張凱棋

台灣角川

發 行 所＊台灣角川股份有限公司
地　　址＊105台北市光復北路11巷44號5樓
電　　話＊（02）2747-2433
傳　　真＊（02）2747-2558
網　　址＊http://www.kadokawa.com.tw
劃撥帳戶＊台灣角川股份有限公司
劃撥帳號＊19487412
法律顧問＊有澤法律事務所
製　　版＊尚騰印刷事業有限公司
I S B N＊978-957-743-710-5